今日、息子が死んだ

坂井直樹

英治出版

「今、何時？」

何度目だろう。龍夢がまた時間を聞いた。僕が時計の示す時刻を告げた。龍夢の心の奥底から出てくる深く暗い声の会話の途中で電話が突然切れた。

その瞬間から龍夢と僕をつなげるものは何もなくなってしまった。もう打つ手は何もなくなった。まさに今、龍夢と僕をつないでいた命綱が切れた。

どうすればいいのか？　いつになく、僕はただのどこにでもいる平凡な父親として、おろおろと取り乱しながら、ともかく母親に状況を告げる電話をしていた。

プロローグ

昨年（二〇〇六年）の六月十九日の夜のこと。次男・龍夢の告別式の前日に、僕は目黒の自宅で、喪主としての務めである哀悼文を、夜遅くまで何度も修正を加えながら書いていた。そこには、僕の父親、妹たち、姪、甥と、関西や東京にいる親族たちが訃報を聞いて集まっていた。まさか、このような文章を書くことになるとは、つい前日までは考えもしなかった。

亡くなる少し前の五月二六日には、龍夢が「彼女ができたので紹介したい」というので、渋谷・神山町の会社で二人に会っていた。そのとき、会社にある僕の部屋で二人が座り、寄り添って何やら囁いている。「どうしたの？」と聞いたら、龍夢が「彼女がオヤジを格好いいといっているよ」といった。そのときの龍夢の顔は、少し誇らしく、そして少し嫉妬心が見えたような気がした。こういうカタチで龍夢から彼女を紹介されることは何度もあったので、今回もまた、いつまで保《も》つのかな？　という思いと、過去何度もあった彼女紹介パターンの一つと軽く考えていた。

その後、一緒に夕食を食べようということになって、僕の秘書と龍夢と彼女の四人で、事務所の隣の「アダン」で飲み交わした。相変わらず僕は照れ屋ゆえの皮肉な毒舌（このあたりは龍夢と僕は実に似ていた）で、龍夢のニートぶりやパラサイターぶりに、つっこみを入れていた。あとでわかったことだが、どうやら龍夢は、今回は本気で彼女と結婚したいと考えていたようだった。それは彼のパソコンのウェブブラウザーの検索履歴に神戸の結婚式場を探した足跡が残っていることで判明した。

下記に、僕が葬儀で読み上げた哀悼文の一部を紹介する。

＊

生前の龍夢は、優しく、繊細で、クリエイティブでチャーミングな男でした。
そして両親を、とても愛してくれました。
僕も、そういう龍夢が大好きでした。
龍夢は皆様への遺書を残しております。
そのなかの一部を読ませていただきます。

「お願いがあります。僕を思い出して下さい。
時々笑いながら、話に出して下さい。
人間はもしかしたら、死なないのかもしれない。
だってあなたの中に今、僕はいるでしょう?
死ぬっていうことは、忘れられることだと思います。
忘れないようにして下さい、楽しいこと、悲しいこと全部一緒にして。

死後、僕の遺品（本、服、ビデオ、ＣＤなど）、遺稿などは永久保存してください。
そしていつでもみんなが閲覧できるようにしておいてください。
それが僕をこの世に残すすべてです。
できる限りメディアにも、流れるようにしてください。
それが僕という意思の最後の願いです」

龍夢は自分の告別式まで、プロデュースしています。
「式の音楽には出棺時に、僕の大好きなベートーベンの『月光』を。
ＭＤから生前のいくつか僕の声を拾いあげてくれるとうれしいです」
これは龍夢が、遺書で指定した北出さんが作ってくれました。

（以下省略）

＊

息子は躁うつ病に冒されていたのだが、この頃は病気がずいぶん回復してきたときで、周りも少し安心していた。しかし、十六日に電話があり、「またうつが出て調子が悪いんだ」と龍夢は落ちた声でいった。そこで来週二十日に龍夢がエキストラで出ていた映画『蟲師《むしし》』の試写会を二人で見にいくために会うことを話し合った。そして、「大丈夫か?」「来週会うまで保つのか?」と聞いた。その時期の状態は、さほどは悪くないという感触だった。

しかし、あとでわかったのは、この前後、「彼女にすでにふられていた」ことだ。今までも自殺未遂を起こすときは、女の子にふられるのがきっかけになることが多かった。僕らから見ると、たかが失恋なのだが、好きになると彼女を「神様」と呼ぶくらい執着し、極端に依存するところがあったようだ。これも、相手には重かったのだろうと推測する。「神様」と呼ぶガールフレンドたち、そして、ふられると極端に落ち込み、自殺未遂を起こす。

その彼女たちから断片的に聞く龍夢の行動は、かなり厳しいものだった。

夜中でも「今、会いたい」と連絡する。たいがいの女性は日常生活が成り立たなくなったようだ。もっとディープなこともあったのだろう。
彼の好む女性は母親とは対極的なタイプの女性で、しかも年若い少女を好んだ。龍夢がふられて一番ひどく落ち込んだのは、女子高校生との別れだった。そのうつ状態の苦しさを、僕も目の前で見た。

これまでも、自殺をするという騒ぎは初めてではなかった。あとで母親から聞いたことだが、十七日の夜には、二度自分の部屋で自殺未遂を起こしており、母親の監視のちょっとした隙を見て、ポケットに財布だけを持って飛び出していったという。ケータイも時計も持って出なかったと知らされたが、そのどれもが不安要素だった。

その日は嫌な暑さの梅雨の真んなかだった。僕はその時点で、状況のすべてが悪いほうに向いているような気がした。今回は本当に死ぬ覚悟かもしれない。せめてケータイを持って出てくれていれば、すぐにも話ができるのに！　そんなことを思いめぐらせているとき、僕の自宅の電話が鳴った。公衆電話からのコールだった。

「今、高いビルの前にいる」

龍夢はそう切り出した。僕は努めて平静を装い、話題を自殺とは関係ない龍夢の興味の対象である「鈴木おさむ」や「おちまさと」などの放送作家に会ったことなど、ごく普通の話をすることにした。しかし、反応は弱々しく虚《うつ》ろだった。病院の入退院で単位が揃わず、「慶應大学を時間切れで退学せざるをえない」こと、現在付き合っている「女性にふられてしまったこと」などを深く暗い声で話した。


目の前の高いビルから飛び降りると暗示して、その電話は切れた。

一〇分後、もう一度僕の自宅の電話が鳴った。死を思いとどまるよう再び説得を考えたが、その現場にいて物理的に押さえる以外に、もうなす術がないことを感じていた。鈴木おさむがプロデュースする芝居を、二人で見に行ったことがあった。恵比寿にある小さな芝居小屋で、膝がくっつくような狭い会場のなか、龍夢の体温を感じながら並んで見ていた。そのときも、こういう時間がいつまで続くのかを漠然と考えていた。その予感どおり、もう二度と、彼と芝居を見ることはできない。

結局、僕は龍夢の非常事態に何もできず、僕が住む家からそう遠くはないビルの六階から彼は飛び降り、短い人生に自らピリオドを打ってしまった。僕は「ビルから飛び降りた青年が路上に横たわっている」という警察の一報を聞いて、即座に収容された病院に駆けつけた。龍夢はまだ息があった。そしてしっかりと彼の手を握りしめ、悲しみに包まれながらも旅立ちを見送ることができた。今となってみれば、せめてもの幸いだったのかもしれない。その任務を龍夢は僕に託したのだろう。

愛する息子だった。

僕は龍夢が亡くなった日にも、ほぼ毎日更新するブログに新しい記事をアップし、多くの方々への葬儀の連絡なども秘書と淡々とこなした。だがそれは僕の性格がさせたことであり、悲しくないはずがなかった。いや、正直にいえば、その悲しみは、今まで味わったことのない深いもので、表面はともかく内面はショックで立ち直れない日々を、一ヵ月、二ヵ月と過ごしたことを忘れてはいない。そして、今も深い悲しみを、僕は内面で抱えたままだ。

通夜の日、龍夢のパソコンに遺された4ギガを超えるデータ量の遺書をはじめ、膨大な芝居の脚本、短編小説、詩、日記、メールなど、さまざまなテキスト・ファイルに目を通した。龍夢が綴った文章には、一文字一文字に彼の懊悩が込められていた。愛と死に纏《まつ》わる、いわゆる暗いものが大半で、なかには死に対する異常な関心を綴った文章も絵も多々見つかった。

なぜ死ななければならなかったのか？

それを知りたいということが第一だった。しかし、やがて時間が経つにつれて、ただ悲しんでいるだけでは龍夢が納得しないのでは、と考えるようになった。

「僕の作品を語り継いでみんなの記憶に残してくれ！」。子供っぽく、ナルシストだった龍夢の遺した文章が、そう僕に語りかけているような気がした。おそらく、夭折した天才「山田かまち」や「尾崎豊」のように自分を伝説にしたかったのだろう。

やがて何度も文章を読み返すうちに、僕のような悲しみに直面する方を、少しでも減らすことができないだろうかと考えるようになった。僕の息子は自殺してしまったが、自殺を選ぶような状況の家族を持つ方々に、それを回避するにはどうすればいいか伝えられるだろうか？　龍夢の死という現実を僕なりに整理してみれば、役に立てることを見出せるのではないか、と思うようになった。

僕の社会でのイメージは「コンセプター」という肩書きで語られ、企業との共同作業で生み出される「ヒット商品のヒットメーカー」という顔だ。いつも元気で明るくポジティブな人間で、つねに人前でスピーチをしたり、毎週のようにメディアに掲載される。その顔とはまったく異なる、躁うつ病で自殺した息子を持つ不幸な父親。そんな素顔を出すことには正直戸惑いもあった。しかし、これは僕の使命だと考えるようになった。どんな時代でも、社会にはつねに「光と闇」がある。僕は幸運なことに、その社会の光に受け入れられて六〇年の人生の大半を過ごすことができた。しかし、そうでない人のほうが世の中には圧倒的に多いはずだ。そういうことにも眼をつむるわけにはいかないだろう。まだなすべきことが、僕にはある。

現代の日本という国が抱えている問題、日本社会が生み出した「心の闇」、そんなことまでもが龍夢の死の選択に関わっているのではないかと考えるようになった。そして、政治、教育、医療、事業、経営など、およそ人間社会に一人一人が生きていくうえで欠かせない問題や、その解決に向けて障害となる問題すべてに関わって、この出来事を考えなければならないことに行き着いたのだ。奇しくも龍夢が自殺した二〇〇六年は、いじめ、虐待、うつ病、自殺など、「命」を考えさせる事件があまりに多い年でもあった。

一冊の本にまとめてみよう、と僕は決意した。同じような悩みを持っている躁うつ病の患者の方、その周辺で見守っておられる多くの方々など、本書を手に取られる悩み多き読者にとって、なんらかの手助けになれば、これほど嬉しいことはない。

龍夢が自らの生涯を自らの手で断った二〇〇六年六月十八日は、「父の日」だった。龍夢はコンセプター・坂井直樹の息子として生き、その息子として、一つの命をまっとうした。

第一章

「コドモのままだった」龍夢

舞台の上で輝く瞬間

龍夢がもっとも龍夢だった日

ｍｉｘｉ《ミクシィ》（日本最大のＳＮＳ）にある龍夢が残したプロフィールの一部。

「学歴は中卒ながらも平成十三年大学入学資格検定合格やっとこ、慶應義塾大学環境情報学部に入る。現在在学中（まだまだ先の見えない五年生）。芸歴は、劇団宇宙マナー主宰（観客総動員二千人強）宇宙マナー名義で早稲田演劇フェスティバル参加。その台本が早稲田演劇博物館に永久保存」とある。おそらく、彼が生きた二九年弱のなかで最も誇らしい時代だろう。

若い男の役者としての目が輝き、体は弾けていた。自分の演技が小さな劇空間を支配していると実感し、自分自身が脚本のなかで作り上げた役を演じながら、一方では劇団員それぞれの動きを監督の立場から確認していた。「自分探し」に懸命だった龍夢の十代後半の姿。彼は必死な人生を演じている自分に陶酔していた。

その脚本の内容はつねに「愛と死」。彼の日常生活には、このテーマが繰り返されていたことを僕以外の観客は知らない。

十年ほど前になる、九七年か九八年のことだっただろう。僕は早稲田大学の一角にある「早稲田どらま館」という小さなアングラ劇場で、毎回龍夢から買わされる数十枚のチケットのうちの一枚をエントランスで手渡し、観客の一人として舞台を見上げていた。この種のアングラ芝居の観客は、ほとんどが出演者やスタッフの友人知人であり、アットホームな雰囲気が濃厚に立ちこめていた。僕もまた、息子が出演しているからこその観客だった。彼が、小さな手作りの粗末な舞台に脚本家兼監督兼役者として立っているのを見つめていた。

坂井龍夢。そうポスターにも名前が印刷されていて、それなりに重要な役割を担う舞台に立つ息子を、僕は淡々と見つめていた。龍夢はスピーディーなテンポで語り、回転のいい動きをしていた。龍夢の生涯のなかで、結局は一番好きだった芝居を自分で表現できているという喜びが、表情や動きの随所に込められていて、間違いなく強烈な幸せを噛みしめていることが、父親の僕には伝わってきた。

芝居のテーマそのものは、一言でいえば「愛と死」であり、そこで語られようとするテーマは龍夢自身の私小説のようだった。かなりとんだ両親との生活で、実際に彼が体験したことの断片であり、それらの経験が少し誇張されたものに見えた。

団塊世代の僕の場合、若い頃はフランス映画の表現の一つであったヌーベルバーグなどが、時代のインテリジェンスでありアイロニーであった。それから時代は何回も重ねて移ろい、その劇空間は貧しいものの、充分に時代の先端をうかがうかのように、龍夢たちも自分たちの皮肉な興味を演じていた。

DVD作りに熱中したことも

龍夢はつねにクリエイティブでいることを好んだ。劇団にいたのは慶應大学に入学する以前のことだった。小さな劇団で芝居をすることだけに熱中していた。クリエイティブといえば僕もまた、美術大学を経て約四〇年間のあいだデザインを軸とする仕事を積み重ねてきた。龍夢はそんな僕に対して、クリエイティブな面ではときに敵意まる出しで論争をしかけることもあった。

そんなときには、「オヤジだけには負けたくない！」というのが口癖だっただけでなく、父親である僕を生涯最大のライバルだとも公言していた。それは本音の部分では、母親を捨てた非情な父親に対する怒りにも感じ取れた。その父親が観ている舞台で演技する龍夢は、「どうだ。僕はオヤジになんか負けないぞ！」と目を合わせ、僕の前で仁王立ちしているようにも見えた。今、振り返ってみると、龍夢が最も龍夢でいた瞬間だったと思う。

僕は自分がデザインの仕事をしているからといって、「デザインをやれ」などと強制するタイプの父親ではない。僕の世代である団塊の父親のたいがいはそうだろう。

僕たちの二十代は、父親の世代が僕たちに向けてきたやり方を否定して、新しい父親像を描こうとしていた。そのうえ社会のカタチにも変革を求め、よりよい社会を創り出そうとしていた。それは六〇年代後半に全世界的に起きた、学生運動、フラワー・レボリューション、ウーマンズ・パワー、ゲイパワー、ブラックパワーといったマイノリティーの権利獲得運動（反体制と呼んだ）だった。それらは京都、新宿、サンフランシスコなど、僕の目の前で起きた運動だった。

しかし、結局のところ、僕たちの世代は「こうではない」とは考えたものの、気に食わなければ「ちゃぶ台をひっくり返す」父親世代のようなわかりやすい理不尽さを抑圧しただけで、一見子供に自由を与えて理解している父親を演じた結果、よりわかりにくい父親になってしまったのかもしれない。


芝居が好きなら「それをすればいいじゃないか」と思えるし、実際、龍夢はそれを実践してきた。そして、あの小さな劇空間で堂々と表現する龍夢を目にしたとき、別に中卒でも、それでよかったんだと思えた。好きなことを思いきりやる。これができた龍夢はその時点で幸せの絶頂に立っていたに違いないからだ。その後も龍夢は、全身を使ってエネルギッシュに表現することに熱中していった。時間的には短いが、自分のパフォーマンスをＤＶＤに収めるなど、クリエイターとしての自分を磨くことには、どんなことにも興味を示し、実行していった。

以下に当時の記録の一部を紹介する。

トムプロジェクト（戸川純などの所属する事務所）新人オーディションで七〇〇名から合格（役者として）、東京乾電池（ベンガル、柄本明など所属）戯曲オーディション最終審査落選、電波少年的放送局企画部放送作家トキワ荘出演（七〇〇〇人から）、TOKYO1週間読者モデル、公募した「五行句」が入選し、本になる。レディオ湘南で一年間ミュージックナビゲーターを経験。FMバード（金子奈緒、秀島史香など所属）ミュージック・ナビゲーター・コンテスト六位（ラジオDJとして）。

さらに「下北沢短編映画際出演」と誇らしく、あるいは充分に見栄を張り、虚勢を張っていて、今読むと可愛い。

1と2ばかりの通知表

煌めきの片鱗は小学生の頃から

龍夢は子供の頃から、いい意味で変わり者だった。普通の子供が興味を示すことに同調することなく、我が道を行くタイプだったともいえる。

その当時の我々の家には、永井豪さん（漫画家）、水野誠一さん（後に政治家になる西武デパートの社長）、日比野克彦さん、デュラン・デュランのサイモン・ル・ボンなど、ありとあらゆるクリエイティブな大人たちが遊びにきた。その仲間に夜遅くまで加わり、幼い彼の目の前で起こっていることに、普通の子供とは少し違った反応をして、大人に食い込んでいくようなところがあった。

後に龍夢が遺したファイルのなかに、「一番古い僕の写真。それは父と母の結婚式。お腹の大きな母。そのお腹にいたのが僕です」という文章を見つけたが、実に龍夢らしい。自分の一番古い写真は母親の大きなお腹のなかにいる僕だよ、と語っている。

龍夢らしい表現スタイルだ。こういう感覚が彼には小学生の頃からあった。

ただし、学校の成績は決していいものではなかった。通知表を見ると1と2ばかり。それは、そうだろう。夜遅くまで大人と遊んでいる龍夢が、まともに朝の授業に間に合う時間に学校へ行ったことなどほとんどなかった。

だからといって、僕は成績を上げるために何かをしろとか、しようとかは考えなかった。このあたりの善し悪しにはいろいろな意見がある。特に多い意見は「子供に自由を与えるなどというのはありえない。きちんと親が統制すべきである」というものである。一貫性のある親の対応があるなら、それで良いと思う。しかし僕たちの場合、両親ともに仕事を持っていて、そういう管理体制そのものが家庭にはなかった。一方で、大学を途中でやめて自分の会社を十九歳で起こした僕は、人生にはいろいろな選択肢があるし、通常の学校の成績などは、普通の就職のためには必要だが、僕のように生きるとしたら別段問題はない、とたかをくっていた。

余談だが、僕自身は学校の成績はつねに上のほうで、ほとんどすべての教科で5が並び、さらに学級委員長で、いわゆる優等生だった。しかしだからなんだという気分はその頃からあり、龍夢の通知表を見ても、対策を講じることなど考えなかったのだ。

三〇分泣き続けたら千円あげる

「三〇分泣き続けたら千円あげる」。この話を彼は覚えてなかったようだ。

あれは龍夢が四～五歳くらいのときだったろうか。今でもよく見かける光景だが、僕たち四人家族が電車に乗り、何かの拍子で龍夢が泣き出したことがあった。こういう場合、親がとる手段はそう多くない。まず「泣くなと怒る」か「なだめる」かだろう。が、僕はそうはしなかった。財布から千円札を一枚取り出し、「どうだ、あと三〇分泣き続けたらこれをあげるから泣き続けてみなさい」と提案したのだ。親の命令を聞きたくないから泣いているわけで、親の命令を受けて三〇分泣き続けることは、どんな子供でも心情的に無理だろう。もちろん龍夢も、あまりに無理な注文に混乱して、泣きやむどころか笑い出してしまった。

あるいは、あるレストランで、自分が注文したステーキがなかなかテーブルにやってこない。僕はまたいたずらっぽく「そんなに食べたいのなら、となりのテーブルから取ってきたら?」といった。そんな提案を「はい」と受け入れる子供などいるわけがない。ぐずるというのは親に逆らうことや甘えることに意味があるわけで、親のいうことを素直に聞いて非常識な行為をすること自体ありえないわけだ。

もちろん龍夢はおとなしくナイフとフォークを両手に持って、テーブルにあったナプキンの上に顎を乗せていた。

僕はデザインの仕事に深く関わっているが、自分で絵を描くことはほとんどしない。肩書きは「コンセプター」と自分で名付けた。デザイン・コンセプトを考え、クライアントの課題を充分にヒアリングする。そしてクリエイターとのコミュニケーションで商品を作り出す。クライアントの問題解決を自社のクリエイティブの力で解決する、それが僕の仕事だ。

そのコミュニケーション術（交渉術）の一端を、龍夢の前で示しながら問題解決したのだ。これを教育といえるかどうかは別としても、風変わりな父親に何かを教えられたことと、その父親が1と2ばかりの通知表に何もいわないことが、あの劇空間でも見た「クリエイティブな人間として成功したい」と主張する龍夢を育んだ面は否定できないだろう。

頑張るときは人並み以上に

学校で学ぶことは何なのだろう

通知表が1と2ばかりだった龍夢だが、決して頭が悪い子だったわけではない。ただ勉強に興味が持てなくてやらなかった。その結果、当然のごとく1と2ばかりの通知表を受け取っていたのだ。

教科書は読めば理解できるし、教師の教えも教科書の枠からはみ出すことは稀《まれ》だろう。僕自身の小中学校時代を思い起こしてもそうだが、一言でいって大半の授業は退屈なのだ。しかしそういう教育のなかで、僕の唯一の楽しみは成績表だった。良い成績をとるのはロールプレイングゲームで良いスコアを残すのと同じくらい面白かった。学校の授業よりは、親に隠れて読む友人から借りた漫画、自宅にあった叔父の大量の文学書、あるいは百科事典を端から端まで読むことに熱中していた。

その後、龍夢は中学は卒業したものの高校は一年で中退してしまい、どこかで芝居と出会い、自身のクリエイティブへの興味を満たす日々を送ることになった。

龍夢には四歳年上の兄がいるが、彼もまた高校を一年で退学して家出をし、当時武蔵小山にあった家賃八千円のぼろアパートで、親の束縛から解放されて自由に生き、自分の力で経済をまかない、自我と向き合う、十五歳の少年だった。

しかし、彼は学校教育では得られないストリート・ワイズを自分の力で形成した。現在は僕の創業した会社の一つを譲り受け、ニュービジネスを立ち上げた。ときには、高学歴者を相手にディベートでやりこめたりもしている。その意味でも、特に日本の小中学校は、知識を学べても知恵を学ぶことが少ないだろう。しかし、そんな学校でも数少ない優秀な教師や信頼できる友人たちとの出会いはあっただろう、と思う。

検定試験経由で大学一発合格

龍夢の兄は家出をしたおかげで複雑でやっかいな両親とは一時的に断絶し、経済的にも自立したことで、これなら自分一人で生きていけると確信したのだろう。学校へ行くという選択肢はとうになくなっていた。一方の龍夢はニートでずっと家にいた。といっても僕の家にではない。龍夢が中学生のときに僕と母親は別れることになってしまった。思春期真っただなかの龍夢にはつらかっただろうが、彼は母親と暮らすことになった。

その後二〜三年が経過するうちには、コンタクトもそこそこあった。高校一年の初期に、僕の会社を訪ねてきた頼りない自信のない表情の龍夢の写真も残っている。ときには龍夢の芝居も見に行ったし、進路についての相談にもしばしば乗っていた。高校中退後、小劇団で芝居をするなどしていた龍夢が大学進学を決意したのは、ずいぶん遅く、二二歳になった頃だったろう。高校を卒業していないため、文部省（当時）の大学入学資格検定（現・高等学校卒業程度認定試験）を受けて一発で合格。早稲田と慶應を受けて、慶應のほうに一発で合格した。

実は龍夢自身は、慶應より早稲田を志望していたのだが、受からなかったのだから仕方がなかった。それでも慶應への入学が決まった日は、あの小さな劇空間で思いきり自分を表現して幸福の絶頂に立ったことに負けないほどの、自信と誇りを取り戻していた。

何しろ龍夢は大学に関して強いブランド志向を持っていた。東大か早稲田か慶應、それ以外はダメというのである。大学入学資格検定経由では東大は無理ということで、早稲田と慶應を受けて、ともかく一発合格を果たした喜びは想像できる。そして親ばかの典型である僕は、喜んで周りの連中にそれとなく龍夢の自慢話をしていた。

団塊ジュニアの一人としての価値観

ブランド志向と父への反発

龍夢が持つ生き様のブランド志向は、たんに大学だけに対するものではなかった。たとえばクルマにしても、アルファロメオやシトロエンやローバーはアウトで、僕が長年乗っているポルシェはＯＫだったりする。僕たち団塊世代が若い頃に嫌った価値観と同様で、小市民的なものを毛嫌いする傾向が強かった。これは僕よりも、もと華族の家に生まれた母親の影響かもしれない。

僕自身はというと、安倍晋三現総理は成蹊だし、（成蹊でも）僕が教えに行くこともある信州大学でも一向に構わない、とフラットに考えていた。だから、「信州大学などやめて慶應でも教えたら」と、奇妙な助言を僕にしていたことには違和感があった。しかし彼は、そういうものには目を向けない、スタイリストとして価値観の頑なさを持っていた。

結局、龍夢は就職することもなく死を選んでしまうが、慶應に入った頃は、周りの友人と同じく、フジテレビか電通に勤めたいという平均的な願望を持っていた。これも、龍夢流のブランド志向の表れだった。

経済至上主義社会への反発

ともかく龍夢は二九歳弱の生涯で、多少のアルバイトのようなことを除けば、ほとんど経済活動らしいことはしなかった。

龍夢が残した文章に、「親父を超えられるのかどうか？　まだまだ、僕のなかで勝負は始まったばかりです。僕は二年後に大学を卒業して社会に出ます。ようやく、そこで同じ舞台に立ちます。少し遠回りしたので、時間がかかりましたが（今二八歳なんで）、まあ、宮本武蔵みたいなもんです」という一文があった。

僕という父親をライバル視した龍夢は、「大学を卒業して社会に出る」ことも人生の達成に欠かせないと普通に考えていたのだ。それは僕や彼の兄から見れば、平凡で常識的な考えに思えた。

自分の好きな唯一無二の世界であるクリエイティブに対しても、ビジネス化するほどの想像力を彼はまだ充分には持っていなかった。この二つが相容れるものだということは、アンディ・ウォーホルを通して理解していたはずだが……。こんなところにも龍夢は答えのない問題を抱えていて、生きていくうえでの葛藤が生まれていたのかもしれない。

前述した兄は、十五歳で家出したため自分で食べていかなくてはならず、十八歳で家へ帰ってきたときには、経済的な自立も自我の形成も、ある程度若くして果たしていた。龍夢はまったくその逆で、二十代の後半になっても母親の元で生活し、両親の援助で芝居をしたり、大学へ進学したりしていた。

いわゆるニートでありパラサイターであり、テレビで伝えている現代社会の問題のほぼすべてを一人の人格のなかに持っていた。

「経済至上主義社会へのクリエイターの矛盾」という平凡な理解からすると、普通なら社会に出る年齢に直面しているのに、いまだ自分探しの途中で人格形成にいたらなかった龍夢の側面を否定できない。

鈍感力は確かに必要だ

ある程度の誰もが成功できる小さなコミュニティ

冒頭で僕は、小さな劇空間で思いきり演じていたときが、彼自身の幸せの絶頂だったのだろうと述べた。確かに生き生きしていたし、目が輝き、動作の端々にまで喜びが満ちあふれていた。しかし龍夢が遺書に遺したような経済至上主義社会への批判のような思考にいたったことと思い重ねると、もう少し時間があれば、理解し、自分で解決したに違いないのに、と無念に思う。

龍夢が芝居の本拠とした空間は、アングラ劇団という極めて小さなコミュニティであり、一般社会のスケールと比較するとあまりにも小さすぎる。そこでは誰もが、とまではいえないとしても、そのサイズのなかで「成功した」と納得できる確率は非常に高かったことだろう。プライドが高ければ高いほど、傷つけられることなくヒーローになることだけを望むなら、ある意味、都合のいい空間だったと考えられる。

しかもそこで日々追求されているのは、クリエイティブであって経済ではない。龍夢は未成熟な天才タイプだったとも思っている。だが、「エコノミーと等価交換するクリエイティブ」のような発想にたどり着けなかったのは、まだ幼く成長なかばだったからこそで、その成長過程において小さなコミュニティというコクーンのなかにはまっていただけのことだろう。

凡才であることのメリットと天才の悲劇

もう一つ、養老孟司さんがいう「脳化社会」も龍夢の精神構造に当てはまる。「社会が脳だけで観念的に動いていて、五感が社会から抜け落ちている」そういう現代社会と龍夢は相似形だったのかもしれない。最近の小学生のいじめがいい例だが、殴るという肉体行動ではなく、知らん顔して無視するとか悪口をケータイメールするとか脳への攻撃が見られる。

龍夢は、目の前で起こっている事象への批判や論評などの反応に対しては実にスピーディーで的確だった。

しかし関西には昔から「運鈍根《うんどんこん》」というコトバがあり、成功の秘訣は「幸運にめぐり逢い」、多少のことには「愚鈍であり」、「根気強い」ことだとされている。ここでいう「鈍」だが、これこそ脳化の正反対といってもいいだろう。渡辺淳一さんのベストセラー『鈍感力』の「鈍」であり、小泉純一郎元総理が安倍晋三現総理に、「鈍感であれ！」と説いたという「鈍」とも共通する。

世の中で受けるさまざまな事象に過度に反応しないで、あえて鈍重に対処するほうが成功するというのだ。ときには愚鈍《ぐどん》といわれる凡才のほうが成功し、半端な天才には悲劇が待っているということがよくある。

「脳だけで空回りして考えてもダメだよ！」と、龍夢に対して僕なりにメッセージを発してはいたが、具体的にはコトバにしなかった。僕は、まだもう少し時間をかけて教えれば良い、そのうち理解できると思っていたのだ。しかしその時間は消滅し、ついに父親のメッセージは届かずに終わってしまった。

自慢の息子、期待の息子

僕をライバル視してくれた息子

ここで僕の話を少しするが、八〇年代の日産Ｂｅ－１、パオのコンセプトワークの成功から始まり、最近のａｕデザイン・ディレクターまで、ウォーターデザインスコープという会社を経営しながら、「コンセプター」という職業を社会にある程度認知させてきた。しかし、僕個人は、現在も自分の人生はまだ自らが抱く理想にはほど遠く、途中経過だと思っている。それこそ天命をまっとうするときに、どう自分自身が評価されているのかが結果であり、いまだ自分自身を成功者だと思ったことは一度もない。

そんな僕に対して、龍夢はライバルだといってくれた。父親としては嬉しいことだし、そういってもらえて感謝もしている。世の中の多くの父親が、息子にそういってもらえることに喜びを感じるように、僕も素直にその言葉を一生受けとめて生きたいとは思っている。

ただ残念なことは、純粋な龍夢は僕に纏《まつ》わる創作されたパブリシティを通したイメージのみを鵜呑みにして、僕の真の弱点を知ろうともしなかったのではないか？　その意味では彼もまた、僕の一ファンであったし、父親をサクセスイメージの一つの型としても見ていただろう。

当たり前だが僕にだって弱点はあるし、だいたい、本人が成功者だとは思っていない。にもかかわらず、龍夢の理想の壁が勝手に高くなり、高くなった理想が龍夢のなかで、自分の父親である坂井直樹自身をブランド化させていった。その結果、相対的に自分の評価を下げてしまう面もあった。

なぜ、期待を裏切った！

龍夢は、父親の僕にとって、何かをしでかしてくれそうな期待を抱かせる存在だった。友人の映画プロデューサーの小椋悟さんと付き合いがあり、大友克洋さんの映画『蟲師』のリハーサルを龍夢と二人で見に行ったご縁で、エキストラに出演させていただいた。それが龍夢の最後のささやかな一瞬の「小芝居」となったのだ。その一瞬の演技も僕にはそれなりの存在感が感じられた。

反面、パラサイターでニートで、母親べったりのマザコンで、子供のまま死んでいったとも思う。少なくとも生前の龍夢と飲んだり話をしたりしているときには、心の底のどこかでそう思っていた。そのときの自分の気持ちを思い出すと、自分が家を出た経緯への負い目か、龍夢には少し遠慮しすぎたとも思う。

またアンダーワールド、ケミカル、ファットボーイ・スリム、ＴＬＣ、エミネム、ビースティ・ボーイズ、セックス・ピストルズやＢｏａとか、二人に共通する好きな音楽があることを知ったとき、世代の違う父親が自分と同じテイスト（趣味）を持つことに驚きながらも素直に喜びを表していた。

音楽といえば、僕の弱点の一つに「音痴」というのがある。子供の頃の通知表では音楽だけが4だったが、実は1とされても仕方ないほど音が取れないのだ。ほかの教科がすべて5だったため、さすがに先生も1にはできず、4に引き上げてくれただけなのだ。通知表が1と2ばかりの龍夢には、こうした父親の弱点も、もっと知ってほしかった。僕は完全無欠のスーパーマンではない、という当たり前のことを生前に伝えたかった。

インタビュー

東京マーケティングアカデミー副学院長

永田仁氏

坂井龍夢さんを子供の頃から知り、その才能に大きな期待を抱いていた永田氏。自殺と聞いたときには信じられない思いが強く、大きなショックを受けたという。龍夢さんを「高貴なコドモ」と賞賛し、その才能の大きさと可能性、はつらつと新しい世界の創造に取り組む姿、そして龍夢さんが遺した本当のメッセージについて語っていただいた。

（編集部）

脳からはみ出した発想

――永田先生と龍夢さんはいつ頃お知り合いになったんですか？

「あれは龍夢クンが小学校二年生の頃だったと思います。それ以前から、仕事で私と龍夢クンのお父さんである坂井（直樹）さんとは付き合いがあり、何かの折に家へ寄らないかと誘われ、訪ねたときが最初です。子供部屋のベッドに、龍夢クンが壁に足の裏を這わせるような姿勢で横になっていました。私が通ってもチラリとも見ませんでした。何か空想の世界に浸っているという感じで、ずいぶん変わった子だなと思いました。

その後、お父さんとの付き合いの関係もあっていろいろ話をしたり、相談に乗ったりするようになりました。想像力というか発想力というか、そのひらめきについては、とにかく際だって光るものがあったと思います。病気のことも知っていたので、何とか立ち直る方法はないものかと心を痛めていました」

――亡くなられてしまいましたが……。

「ものすごいショックでした。私は龍夢クンが自殺した日には沖縄にいました。坂井さんからケータイで『自殺した』と知らせを受けたとき、全身が震え、目の前が真っ白になりました。そのわずか九日前、元気いっぱいの龍夢クンに会っていたんですから、どうして信じられるでしょうか。

セイコーの若者向けの腕時計にワイアードというブランドがあるのですが、そのマーケティングのミーティングに龍夢クンを呼んだんです。たまたまセイコーの担当者と親しかったのと、龍夢クンがワイアードのターゲットに相応しい世代だったことで、私がその場を設定しました。その日龍夢クンは、平田智裕クンという友人と二人でやってきました。平田クンはマーケティングのプロを目指す人で、クリエイティブのひらめきがすごい龍夢クンとはタイプが違うんですが、二人は意気投合し、いいコンビだと私は思っていました。『龍夢クンの演劇の経験を活かせば、ドラママーケティングという新しい分野が開拓できる。龍夢クンならその世界でナンバーワン、いや世界一のプロフェッショナルになれる！』と声をかけたわけです」

――亡くなる直前に仕事をしていたんですね？

「ええ。だからまったく信じられませんでした。ミーティングには、龍夢クンは定刻より十五分も前に来るほど張り切っていましたよ。しかもその日は、いつもと違った華やかな装いで、ピアスをして、とにかく明るかったですね。『今日はすごく明るいね』と話しかけると『僕、彼女ができました』なんていってましたよ。

ミーティングで、龍夢クンは率直に語りました。『店頭をスタディしましたが、ワイアードには問題があります。ポール・スミスのほうがセクシーだしファッショナブルです。これからのマーケティングに演劇の手法をとりいれ、ドラマ性を持たせたらどうでしょうか。渋谷の忠犬ハチ公の銅像は人々の心に深く刻み込まれていますが、私の家の近くの公園にある猫の銅像には誰も振り向こうとしません』。龍夢クンは熱弁をふるいました。セイコーの担当者もじっと聞き入っていました。『ズバリ指摘された感じです。実は内心（ポール・スミスのを）そう思っていたのでギクッとしました。これは貴重な指摘を受けました』と、龍夢クンの眼力に感心していました。その後、ベトナム料理屋で打ち上げしたんですが、龍夢クンは自ら汁ソバを注文したりして、あのときの笑顔を思い出すとねぇ。九日後に自殺するとはとても思えませんでした」

——親子のような付き合いだったそうですね。

「龍夢クンが自殺した日には沖縄にいたため、その二日後の葬儀にも私は出ることができませんでした。ただ四十九日には出席させてもらいました。そのとき坂井（直樹）さんが、お父さんに、『龍夢の父親代わりをしてもらった永田さんです』と紹介されたのでびっくりしました。そのうえ、坂井さんから『龍夢を永田さんのところの養子にしてもらおうかと真剣に考えました』と打ち明けられ、さらに驚きました。坂井さんがそこまで思い詰めておられたのかとその心中を思い、切ない気持ちでいっぱいになりました。それとともに龍夢クンのために、もっと何かしてあげられたのではないかと後悔がこみ上げてきました。

私は龍夢クンに心から期待していました。初めて会ったとき、子供部屋にいた龍夢クンがチラリとも見なかったと話しましたが、ずっとあとになって思い当たったことがあります。『スウェーデン式アイデア・ブック』（ダイヤモンド社）という本があるんですが、そこに小さな男の子が上を向いて一心に考えごとをしているイラストがあります。あのときの龍夢クンを思い出させる絵なんですけどね、その子の『考えていることは自分の脳から生み出している』んだそうです。空想力、想像力がそれだけ大きかったということなんでしょう。龍夢クンはそんな空想力、想像力をその後もずっと持ち続けました。しかし、それを充分活かし切る前に死んでしまった。残念無念です」

高貴なコドモを殺してはいけない

――いろいろな相談にも乗ったんですか？

「はい。たとえば大学進学のときも相談を受けました。龍夢クンは高校中退だったんですが、芝居をしたり、アルバイトをしたりしているうちに、人生の可能性の幅と深さを拡げるため、大学で学びたいという気持ちが猛然と起こってきたようです。

進学に関しては、社会人を経験した人が面接や論文などを中心に、学科を受けなくても済むＡＯ制度を利用したいとか、志望は早稲田大学一本に絞りたいとか、そういう話をしていました。私も龍夢クンの芝居を何回も見に行きましたが、早稲田キャンパスですることが多く、その関係から早稲田に強いなじみを感じていたのでしょう。

しかし私は慶應も受けるよう強く薦めました。それは慶應が、なかでも藤沢キャンパスが、龍夢クンの個性に合っていると考えたからです。慶應の受験にあたっては、近親者ではない人による客観的な『評価書』という文書が必要とのことで、それをぜひ私に書いてほしいといってきました。そこで私は一方的に褒めるのではなく、率直にありのままを書きました」

——どのような内容だったんですか？

「高校を中退しているが、それは勉学心がないためでなく、型にはまった教育に反発したためであること、また先にも述べた『考えていることが自分の脳からはみ出す』ほど豊かなイマジネーションを持っていること、アナログとデジタルを融合させることにより、新しい世界を切り拓くことを夢見ていること、そして何より慶應で学ぶのに最も相応しい人材であることを強調しました」

——惜しまれる死ですね……。

「私は龍夢クンのような才能を失うことは、日本のためにも大変な損失だと思います。『高貴なコドモ』を殺してはいけないのです。この『高貴なコドモ』とは、司馬遼太郎さんのエッセイに出てくるコトバなんです。それはこんな内容です。

人間というものは生まれながらにして天から平等に、空想力、想像力、そしてそれにともなう創造力を授けられている。だが残念ながらそれは、年を重ねるごとに剥げ落ちてしまう。世間の常識、規則や規律などに出会ったり縛られたりして、成人になる頃はほとんどの人からなくなってしまう。だが例外的にそうならない人もいる。天才的な芸術家や科学者などは、どんなに年をとっても子供の部分を保持し、素晴らしい作品や研究を残している。そういう人を見習って子供の部分を保持していたいものだ、と。

まさに龍夢クンは高貴なコドモの心を持ち続けていたと思います。遺書にも、『自分自身を責めないでください』とか『僕のことをずっと覚えていてほしい』などと切ない記述がありますが、それは龍夢クンを知る人たちだけに向けられた遺言ではなく、この世の中全体に遺した言葉と受け取るべきではないでしょうか」

——龍夢さんだけでなく、高貴なコドモの死はたくさんあるのでしょうか？

「そう。高貴なコドモは、いたるところで失われていると思います。高貴なコドモを大切にするという視点で考えた場合、家庭環境、教育の場、そして企業と、いずれも大きい問題を抱えていると考えます。

私の専門が企業経営やマーケティングだから余計に感じるんですが、社員のコドモの部分を発揮させている会社が少なすぎます。日本でいうと、トヨタさんや花王さんなんかがそれを活かしている数少ない会社です。低迷している多くの会社は、社員の高貴なコドモの部分や潜在能力を活かせず、むしろそれを殺してしまっています。対してトヨタさんや花王さんは、現場の人たちの無限の能力を信じている。この違いに気づいて、経営してほしいんです。

龍夢クンは自殺してしまいましたが、日本社会に対して『高貴なコドモ』を大切にしてほしい、という大きなメッセージを遺していったのだと思っています！」

「名前」

僕の名前はりょうむ、「龍」に「夢」と書いてりょうむと読みます。誰がつけたのかは不明です。お母さん方のおじいちゃんと親父が、二人とも俺がつけたといいはります。親父の話では、司馬遼太郎の『竜馬がゆく』を読んで感銘を受けたことからりょうむと名付けたといっています。竜馬から、そのままじゃオリジナリティないからりょうむ。でも「夢」って漢字、生命判断ではめちゃめちゃ悪いらしいですよ。夢で終わるとか、かなわないとか、そんな感じらしいです。夢って叶ったら、もう夢じゃないですからね。そのいい加減さ（いいか悪いか調べないとか）は親父っぽいなと思います。

さらに親父はいいます。外人にも通用する名前にしたかった。「ドリームドラゴンだ」。通用するんだかしないんだかだけど、とりあえず「おお！」って派手なリアクションはとってもらえます。

さらにいいます、「龍は架空の動物で、それに夢だから、夢の中の夢で二重に意味がかかってるんだ！」また、僕の夢が実現される可能性は遠のきました。マイナスかけるマイナスはプラスになるかな？　しかも、そんな理由とかは確実にあとづけで、ノリでつけただけなのは明確です。だって、「りょうむ」以外の候補は「祭」か「紫」にしようとしてたっていってたし……。絶対いじめられるよ、その子供。陰気な祭君とか、ビジュアル系じゃない紫君とかかわいそうでしょ。トホホ……って感じです。

そんな僕も実は子供の名前は男の子だったら「爆弾」、女の子だったら「ときめき」にしたい、っていってまわりの人にいさめられます。「いじめられるよ、やめときな」。そっか、意外とわかんないんだね、つける側にたつと。よく「芸名？」とか聞かれてつらいです。芸名ってことは自分でつけてるってことでしょ？　自分で夢とかつけちゃうのって、あいたたたた、って感じで、そうとうなロマンティストかマンガ家かどっちかでしょ。

しかし、名前につけられた呪は大きいです。こんな名前で普通のことはできないし、熱いものさわって、とっさに耳たぶとか触ったら、普通過ぎるから、やっぱ、火であぶるとかしなきゃいけないのかなーと。大きな勘違いなんですけど。

あと、「名前凄いね」っていわれると、俺はそれより凄くないのかよ、と思ってしまうので、やっぱ頑張らなきゃいけなくなります。でも僕は普通の名前よりも、今の名前の方がいいと思っています。一回しかない人生なら、平凡にやるのもよし、思いきったことするのもよし、でも、僕はやっぱ思いっきり何かをやりきって生きたいので。それも逆にこの名前だから思うのかも知れないですけどね。まんまとはめられてるのかな。

「親父は敵である」

常日頃から思うのです、やっぱ、親父ってむかつくし、敵だなって。母親は割と簡単に肯定的にとらえられるのですが、父親は難しいです。やっぱり母親は自分の味方をしてくれたり、身近な存在ですから、だから割と僕はマザコンかと思ってましたが、最近違うことに気付きました。親父に対するこの異常な敵対心。もしかしたら、僕はファザコンなのかも知れないです。とにかくこの親父は息子にすきを見せない。なかなか勝たせてもらえない。ま、勝つようになったらそれはそれで親父も年をとったか、と悲しくなるのでしょうが。先日僕は父の弟、つまりおじさんに会って、うちの親父は実は歌が下手だってことをはじめて聞きました。あれ？　おかしいな？　よくよく考えると生まれてから一度も父親が歌っているところを聞いたことがない。びっくりしました。普通一緒に生活をしていれば、一度ぐらい口ずさんでしまうものなのに本当に歌わない。僕の父は苦手なものは克服する、出来なければ一切家族を含めたすべての人に見せない、という完璧な姿勢をとっているんです。この人疲れないのかな、ってまじで思うぐらい見せません。他にも実は父はお酒があまり飲めなかったようです。しかし、それはかっこ悪いと判断した父は徹底的に強い酒を飲み捲り体におぼえさせ克服したようです。父の基準はおそらくかっこいいかかっこ悪いか。とにかくスタイルにこだわる。父の中では、出来ないことはかっこ悪いことなんです。ファッションなんかでも多くのトレンドを知っているし、お店なんかもよく知っていて、子供より今っぽい、僕より先に生まれておいて、僕より今っぽいなんて、ほんと、許せないです。けれど、ファッションについて僕は最近一つ方向性を見つけました。絶対親父に負けないファッション、若くないと出来ないようなストリートカジュアル（ま、大人のストリートカジュアルもあるけど僕の場合もっとやんちゃな）とか、割と貧乏な（実際は高い服なんだけど安く見えるようなものが実は多いけど）カルチャーを極めてやろうかなと、思ってます。

「カレー」

うちの父は凝り性です。一時期料理に凝っている時期がありました。中でもカレーに凄くこだわりを持っていて、ガラムマサラとか各種スパイスを手に入れて本格的なカレーを作っていました。その当時僕はまだ、小学生で、そのカレーが大嫌いでした。カレーが出ると思うと、もう、それだけで憂鬱でした。「はー、カレーか、帰りたくないなー」帰宅拒否になるぐらい嫌でした。

何が嫌かっていうと、とにかく辛い。インド人もびっくりとかそんなレベルではなく、インド象にそっくりってぐらい辛い。いや、意味わかんない。とにかく辛いんです。いや、辛いっていうか、もう、熱い、熱いっていうか痛い、痛いっていうか痺れる、痺れるだけじゃなくて赤くはれる。食べると胃の形がわかる。

僕のストマックプロポーションがわかる。なんてーゆーか、その部分だけ熱くなって、胃は本当にあんなヒョウタンみたいな、形してたんだーって納得します。本当にそのぐらい辛い！　マグマ食べてるのかって感じです。

さらに恐ろしいのは辛いだけではなく、限りなく豪快。具がとにかくでかい。うちのカレーと普通の家庭のカレーを比較すると、アメリカでよく発見されてギネスに乗ってる、おばけかぼちゃと、普通のかぼちゃぐらい違う。

まずニンジンは一本を半分に切ったようなものが入っている。馬か僕は。じゃがいもも同様であるが、こちらには皮が多少ついている。ケンタのフレンチフライかこれは。そして、一番恐怖なのがたまねぎ。僕が珍しくちいさなじゃがいもがある！　って喜んでかじりついたら、それはまるごとのたまねぎでした。肉は骨付きのとり肉！　マンガ肉のように持って食べなきゃいけない。カレーですよ。カレーから手掴みで肉を取り出すと、もう、手はカレーでどろどろ、好きな女の子（インド人以外の）には見せられないあられもない姿です。さらにわけのわからないスパイスの葉っぱや麦茶のパックみたいな香辛料の袋とかが、そのままごろごろ入ってる。

一度友達が食べにきました。まず見るなり一言。「枯れ葉はいってるよ」「スパイス」「変な袋はいってるよ」「スパイス」「このでかい塊は何？」「多分じゃがいも」「ふーん、頂きマース」熱々のカレーを乗せたスプーンを口に運ぶなり、友達の顔は真っ赤になり、三〇秒後には流しで水をがぶ飲みしていました。

僕は、そのカレーが本当に嫌いでした。でも、うちの親は、はなから子供の意見なんて聞く気がないです。「こんなうまいものがわからないなんて」そんな気持ち。こっちは「うまいとかじゃなくて痛い」そんな気持ち。

そんなある日、我が家に恐怖のカレーが出ました。僕の前にもあの熱々のカレーが運ばれました。僕は勇気を出してスプーンを手に持ったものの、中々手を出す事ができません。家族が食卓に揃い、もう逃げられません、みんなで「いただきまーす」その瞬間でした。

ダンっ‼　大きな音をたて僕は顔面をカレーにつっこみました。家族は大慌て、僕はすぐにお風呂で綺麗に洗われて、小さなやけどですみました。とっさにこうすれば、食べられなくなる、と判断したのです。人間追い詰められると怖いです。何をするかわかりません。

それ以来我が家でカレーは二つ作られるようになりました。大人カレーと甘口の子供カレー。僕はカレーの日にもわくわく家に帰れるようになりました。小さな勝利でした。

「母へ」　二〇〇六年三月初旬

卵を温める。
やさしく、
やさしく、
そうやって育ったんだね。
言葉に出しては、恥ずかしくて言えないけど、心から、ありがとう。

第二章

「躁うつ」という病魔をどう見るべきか？

「躁うつ」と診断されて

つねに自殺と隣り合わせの病いとの闘い

龍夢はビルの最上階の六階から飛び降りて自らの命を絶った。自殺による死だった。この場合、なぜ自殺をしたのかということのほうが実際の死因にあたるであろう。

実は、龍夢は二〇〇三年頃から躁うつ病の傾向を示し始めた。複雑な時代を過ごしている先進国に圧倒的に多い心の病いである。日本では商社マンなど激しい市場競争に立ち向かう企業人に患者が多いと聞いているが、変化と進化のスピードが速い社会環境で、この病いはますます増える傾向にあるとも聞いている。

医師によると、この病いの最も悪い症状が自殺願望であり、龍夢は躁うつ病の果てに疲れ、納得がいかない不甲斐ない自分自身に絶望して自殺したのだろうと今は推測できる。

それだけ症状はかなり重かった。鉄格子のある病院に入院し、睡眠薬のような効果の強い精神安定剤で昏睡することも一度や二度ではなかった。当然、大学は休学状態となり、龍夢はもう三年以上もの間、病いとの付き合いに明け暮れていた。といってもつねに入院しているわけではなく、退院して普通の生活をしている期間は、ごく普通の二十代の青年だった。そのあたりがこの病気のやっかいなところで、身体的には病いは見えない。問題は脳にあり、脳の比喩としての心が病いにかかった。

居場所がない龍夢に良かれと思って、当時の僕の住居と会社に近い中目黒にアパートを探し、一時一人暮らしをさせたこともある。しかし、そのアパートに彼が実際住んだのは一週間もなかった。この病気は、一人で暮らすというあまりにも孤独な環境には、なじめない病いだった。

友人や恋人と、ごく普通に活発な交流を続ける時期もあった。多いときには僕と週に二回も飲むことがあり、そんなときの話題はやりたいことの実現を将来へ向けてどう進めるかという前向きなことばかりだった。

家族の付き合い方も難しかった

うつ状態になると、龍夢の場合は、ほとんど寝ているか、横になって強い圧迫観念に襲われ強烈な苦しみに苛まれる状態になった。これは多くのうつ病の方と大差はなく、感情面でも肉体面でも苦悩に襲われて活発でなくなり、自分の心のなかに閉じこもるしかなくなってしまうようだった。

龍夢の場合「躁うつ」だったのだが、「躁」になると過剰に元気になって会話も闊《かっ》達《たつ》になり、前述のように前向きにものを考え、行動し、理想の自分を演じていた。僕と酒を飲むときなども、大半は軽口をたたき、シニカルな会話を実に楽しそうにして、大騒ぎしながら過ごしていた。僕のほうも時間の許すかぎり積極的に龍夢を誘い、親子の会話が病いに対する反抗となるよう努力を重ねたつもりだった。

医師からの指示もあった。病状を進めないための注意点、留意点を意識してもいた。病院外での接触は、ほとんど「躁」か「普通」の状態のときで、そんなときの龍夢は、本来持っている繊細な感覚を駆使しながらも、世界がよく見えているような少々過剰な万能感を持ち、語り続けた。

ただし、これは大いなる錯覚なのだ。

頭がクルクル回転し世界のすべてが見えているようなテンションの高い万能感は長く続かない。エネルギーが切れるというのか、気力が萎《な》えてしまうのだ。そして反動でうつ状態へと戻ってしまい、ひどくなると病院へ帰らなくてはならなくなる。

そこには当然、葛藤もあったに違いない。

どこかが痛いという具体的な病気と違い、気質や性格とも絡み合っている病いは、不安と期待がつねに混在する。文章にするとわかりにくいが、家族は医師の指示なども留意しながらこんな症状と付き合う。これが龍夢を襲った病気の表の部分である。

思い当たる数々の原因

怖い反動をセーブする

龍夢のうつ病が明らかになったのは二〇〇三年頃だったが、この「頃」と表現しなくてはならないのは、いつ、どこから、というボーダーラインが引けないからだ。もともと、病いと本来持った性格や気質の混在したものが実態なので、その要素を分離しては判断できない。

うつのような状態がひどいことで病院へ行き、やっとその存在に龍夢自身も僕たち家族も気づいたという経緯だった。

龍夢が躁うつ病と診断された後、僕も躁うつ病に関する書籍をいくつか読んでみた。この病いを抱える人は、日本にも相当数いることをそのとき知った。この病いはうつの状態と、躁の状態、そして普通というか心が健康な状態を繰り返す。うつの状態になると気力がなくなったり、眠れなくなったり、逆に寝てばかりいたりとなり、回復すると健康な状態に戻る。それを繰り返すわけだ。

しかし、龍夢の躁うつ病の場合は、うつ状態とエネルギッシュでハイテンションとなる躁状態を繰り返す。会話も闊達《かったつ》となる躁の状態から突然うつ状態になるのだ。週に一回酒を飲んで親子の会話を繰り返したりしたのだが、実はテンションの高い状態を続けすぎてはいけないと医師に指示されていた。

あまりにもテンションの上がった躁状態を長引かせると、次に来るうつの状態が一層深くなってしまうからだ。接しなければいけないが、あまりテンションを持ち上げてもいけない。躁うつという病いが、いかにやっかいなものかうかがい知っていただけるだろうか?

ちなみに医師は、躁うつとはいわず「気分障害」とこの病気を称していた。

気分を正常に保つことが難しく躁とうつの間を大きく振れる、ということなのだろう。

複雑な家庭環境が追い詰めた？

問題は、なぜ龍夢が気分障害を起こすにいたったかであるが、これは医師も含めていまだ誰にもわからないのだ。

状況から推測できる部分はもちろんある。龍夢が中学生後半だった思春期真っただなかに、僕が彼の母親と別れたことはやはり大きく影響しただろう。今考えると、龍夢の困惑は想像以上に大きかったと想像できる。

まだ二人の兄弟が幼いときのこと、龍夢が「ママは僕のモノ」「パパは、お兄ちゃん」とよく語っていたことを思うと、僕たち家族は、結局ずっと溶け込むことなく、「母親と息子」「父親と先妻との子供である息子」という２ペアが、くっきり別れながら同居していたのだ。

子供の頃からどこか風変わり、しかも繊細でクリエイティブに関する興味を顕著に示した龍夢には、最も感覚が研ぎ澄まされた時期に家庭環境が複雑化するという嵐に見舞われた。これは後の病魔に無関係ではないだろう。デザインを仕事とする母親を捨てた父親の僕にライバル心を燃やし、母方の強いプライドを受け継ぐことで、繊細で傷つきやすい龍夢の性格が形成されたのかもしれない。

もちろん医師にも断言できないことなのだが、複雑な家庭環境が彼の人格に影響を及ぼしたことは推測できる。そして、父親である僕の責任が重いことは充分わかっている。

家族の形が変わろうとする時代に

家族に依存する暮らしは終わる

龍夢にとって妙に複雑な家庭環境と、父親である僕の立ち位置は前記のとおりである。いや、それも概要であって、実際には語っても語り尽くせないさまざまな側面がある家族といってもプラバシーはあり、まだまだいえないことも多い。

家族は小さな社会であり、そこで起こる人間関係は、やがて文字どおり社会へ飛び立つときに、役に立ったり障害になったりする。龍夢の遺した芝居のシナリオを読むと、そのほとんどが「愛と死」をテーマとしているが、それは自分の家庭のなかにあった愛憎というリアルライフをそのまま反映している。

僕も何度かの離婚経験者だが、離婚する夫婦などは、社会で当たり前のようになってきている。

それは社会がどんどん変化するなかで、結婚という仕組みが、従来からあった理想に当てはまらなくなってきているからだろう。特に女性の社会進出が当たり前となり、出産、子育てだけが女性の役割ではなくなったことが大きい。男性だって、一つの会社で定年まで勤め上げる、という図式はなくなりつつある。人生にはシナリオがあってそのとおりに生きていけば安全で安心、というかつての日本社会のスタンダードはもはや通用しない。

そうなると、家族という小さな社会にも変化の波は否応なく押し寄せてくる。両親が離婚したり、親が子育てを放棄したり殺したり、子供が家出をしたり、親を殺したりすることも、テレビ・ニュースのなかでは毎日のように繰り返され、増える一方だ。

いうまでもなく、そうはいっても社会にはルールが必要で、変化する社会環境に対応し、どういう親子関係を構築するのが理想なのかを考えなければならない。しかし、僕たち団塊世代の多くは、それらのルールを壊したのは良いが、それに変わるオルタナティブ（代替案）は作り出せなかった。団塊世代の功罪はある。

なぜ、家庭内暴力、親殺し子殺し夫殺し？

龍夢の死後、しばらくテレビ・ニュースを見ることができなかった。家庭内で起こる悲劇があまりにも目についた。親が幼い子供を虐待したり殺したり、子供が親を殺したり、そこまでいかなくてもＤＶ（家庭内暴力）が頻発している。いつの間に、我々の社会はこんなふうになってしまったのか？

以前には多く見られなかった事件が頻繁に起こるようになった背景には、社会の急激な変化に、従来からの親子関係のルールが対応しきれていないことは否定できない。古いルールに問題が多く含蓄されているのは事実だが、残念ながら僕には処方箋が見えない。

もう一つのパターンとしては親が子供の才能に期待をかけ、全力でサポートすることも目立っている。野球のイチローやゴジラ松井、あるいはゴルフの横峰さくらなど、偉大なスポーツ選手を見ていると、子にかけるその親の深い愛情と全身全霊で打ち込む姿は、とても真似ができないと思う。

僕は龍夢にも自由にしていいよという形で接し、向こうから何かを頼んでこないかぎり何もコミットすることはしなかった。これがよかったのか悪かったのかは答えがない。龍夢が劇的に変化する家庭環境、親子関係のなかで、居場所がない状態に置かれたことは残念ながら事実だ。

親も子供も学校に失望している

いじめ、未履修、教師の痴態

居場所といえば、龍夢のように少し変わった感性の、プライドの高い子供には、学校にもその場所はなかったのかもしれない。僕も大学に教えに行くことがあるが、見ていると今の教育現場はひどすぎるように思うことも多い。黒板に向かってチョークで書き込み、生徒と目を合わさないで、淡々と講義をし続ける先生。つまらない授業を延々と続けて、ある意味で我慢強い子供は育っているのかもしれないが、面白くなければ興味も湧かなくて当然だ。

しかも、受験勉強強化のために、各地の高校で単位未履修などの問題が起こり、生徒に余計な負担をかけたりしている。さらにセクハラだとか痴漢だとか児童買春だとか、教師の犯罪続発も目に余るものがある。

これでは子供たちの学校への興味は失せるばかりで、いじめや学級崩壊などが起こるのも当然だろう。安倍晋三現総理は学校教育基本法の改正を実現させたが、法律が教育に介入してもすべての解決にはならないだろう。

家族の問題に話は戻るが、僕の両親の世代（大正から昭和初期生まれ）は結婚しなければ生きられず、家庭を守らなければ生きられなかった。ところが今では男女ともに経済的自立ができ、結婚をまったくしないで一生を過ごそうとする男女はともに少なくない。


僕の時代までは、まだ学校の先生は尊敬できる存在だった。先生は偉くて怖い存在で、その先生のいうことを聞かなければ学校へ行けなかったのだ。それは極めて不自由でもあったが、それなりのルールが機能していて、学校が社会問題の場になることも少なかった。

時代が変わり、生徒も先生もある意味自由になったはずだ。

新しい親子関係が家庭環境に求められるように、学校もまた、生徒と先生の新しい関係やルールを模索しなくてはいけないのだ。

人工的なキャンパス

大学入学資格検定を経由して一発合格した慶應大学が、龍夢の強いブランド志向を満足させたことは前述した。しかしここでのキャンパスライフが、本当に納得できるものだったかにも疑問が残る。学びたかったものを学べていたのか？　型破りだった龍夢の居場所があったのだろうかと、疑問も残る。

大学へ入る決意をした龍夢は、試験に受かった慶應以外に早稲田も受験していた。むしろ早稲田に進みたかったことは前述のとおりだ。

僕は、東京大学でも十四年間特別講義をしたことがあるが、驚いたことに講義を始めてもパンを食べている学生がいた。これは一種の学級崩壊ではないか！　つまり生徒にとって、先生などはそこでテレビに映っているだけの存在のようにくつろいでいる。その場で僕は工夫を凝らして学生の興味をひく講義をし、学級崩壊を一時的に修正したのはいうまでもない。

このあたりは息子を失った親の八つ当たりとして聞いてもらいたい。

東京大学もそうだが慶應もまた、大学から大学院へ進学し、研究室で講師、准教授、教授と外の世界にまったく触れないで教えている先生が少なくない。実社会が変化し躍動していても、講義内容はひと時代前のままアップデートされていないとすると、学生の興味はそがれ、単位を取るという目的だけに走る。

実は、病気による入退院を繰り返した龍夢は、単位が揃わず退学の危機を背負っていた。自殺の一つの引き金となった問題だが、結局、病気でその単位を取ることが叶わず、最後の電話のときには、それも「大きな問題だった」と語った。大学中退など問題ではないと僕は考えていたが、個性的なキャラクターとは違う反面の几帳面な性格を持った龍夢には、どうしても達成したい当面の目標だったのだろう。

二枚ある遺書の一枚目にある文章だ。テキストデータから見ると一〜二年前に書かれた文章のようだ。これを遺書として告別式で配布してくれというのが本人の意向だった。「人の道は、得をではなく、徳を徳とし、合理などという、無駄なエネルギーを捨て、仁を持って治めるものなり。資本主義は、得を重んじ、いたずらにエネルギーを使い……」と続く、龍夢のたてまえのほうの遺書にある文面。これをどれほどまで本気で書いたのかは不明だが、経済至上主義社会への幼い批判とも取れる。坊主の説教のようでもある。二枚目は本音の言葉だったように思う。一部を紹介すると、

「迷惑をかけた責任は死んでも償えないでしょう。責任を感じないでくれといっても責任を感じるでしょう。でも、本当に責められるのは僕で、自分を責めることはならないで下さい」

と誰のせいともいわない龍夢の優しさや謙虚さと受け取れる文章だ。

高度成長している社会においては、人はモラルを維持していた。さほど激しい競争がなく横並びでも、家に電話が通じたとか、テレビや冷蔵庫が揃ったとかという、ささいな物質的な欲望の達成感が公平にあり、充足感もある程度は味わえた。それは精神的にも健康な社会だった。だが経済の成長が止まり、低成長のなかでの新たな競争に勝たなければならない時代となると複雑である。

横並びではもう生きていけない。サバイバル社会の到来だ。ホリエモンや村上ファンドなどに象徴される「勝ち組」「負け組」という嫌な言葉で表される社会だ。世代

が若くなるほどこの事実を肌で感じている。だが高度成長の成功体験がある世代は、今でも日本的社会主義をよしと信じている。だが一方で、社会主義が標榜する富の公平配分は終わっている。「格差社会」などという言葉が流行するほど複雑な競争社会、それが現実だ。

多義化、多価値化という時代がやってくる

龍夢は大学入学資格検定も慶應大学も一発でクリアしているのだから、その通知表が龍夢の実態あるいは実力を評価できていなかったことは明白だろう。しかし、教師の立場から見れば当然のことで、お昼くらいに学校に来て、なお具合が悪いといっては保健室に行く生徒。登校拒否の手の込んだカタチだったのだろう。

要するに、小中学校時代の龍夢は、授業そのものを拒否していたのか？　無視していたのか？　あるいはたんに授業が嫌いだっただけかもしれない。

龍夢が遺したテキストファイルにあったマーケティングに関する一文だ。

「ルノーの『アバンタイム』という車は、本来ならば七人乗れるはずのボディに、たった四人しか座ることができないシートがそなわっています。今の時代、大切なのは何人乗れるかという機能ではなく、いかに快適に乗れるか、という心地よさなのです。あえて座席を減らし、広い空間を作ることによって、車の内的空間を楽しむ。少子化といわれる現在大家族は減りつつあります。子供は一人か二人がスタンダード、親との同居も少ないでしょう。車に乗れる人数は四人で十分なのです」

ここには時代が大きく変わったことを示すと同時に、従来的な価値観を否定している。七人乗れるスペースに四人分しか座席を作っていないクルマがある。当然、そのスペースを持って七人分の座席を用意するクルマもあるだろう。用途や使う人の生活スタイルによって、外見が同じクルマでもデザインが変わってくると指摘しているのだ。

「みんなが中流と錯覚した時代はもう終わり、多義化、多価値化という時代がやってくる」、という龍夢の批評が現実味を帯びてきた昨今の市場だ。

型にはまらない人間の行き場はどこに？

躁うつ病になりなさい、ではたまらない

龍夢の口癖に、「僕は自己中だから……」というのがあった。自己中とは自己中心的な人間という意味だが、確かに前述したプライドの高さと繊細さを持った龍夢にとっては、生きにくい世の中だったのだろう。しかし、龍夢の場合は本来の自己中ではなかった、非常に遠慮深く、周りの人々には繊細に気をつかっていた。

誰もが幸福を求めてやまないのは当然だが、それが他人と同じでは納得できない社会の出現が格差社会だ。しかし人は一般に、物質的に幸福そうな人を目にすると同じようになりたいと願ってしまう。目の前に一つの型があると、その型にはまってしまうほうが簡単だからだろう。

ところが自己中という発想には、自己中心でものを見、他人と同じ型にはまらないのだ、という強い反抗が隠されているようにも思う。龍夢本人には納得できる生き方だったのだろうが、いつもいつも型破りでは周囲がついてこれないという側面は多々あっただろう。

友達の苦痛

龍夢は、つねに孤独感を抱えていたが、友達は多かった。躁うつ病になる前に積極的に関わったアングラ劇団をはじめ、慶應でも音像工房などのサークル活動は活発にこなしていた。遺されたメールを見ると、かなり広範囲にコンタクトがあったこともわかっている。龍夢の葬儀のとき、慶應関係には五人ほどメールで知らせただけにもかかわらず、二百人近い仲間が別れに訪れてくれたことでも、彼の人気の高さに驚いた。

ただ、自己中ではないが、夜中であろうと相手が何をしていようとケータイをかけまくる、というような心の飢餓感はあったようだ。躁うつ病になる前はまだしも、発病後の飢餓感は強くなる一方で、いくら龍夢に好意を抱いていても、それに付き合うのはとても困難だったと、親しい友達や恋人から聞いている。龍夢の死後、僕のところにかかってきた電話での告白を振り返っても、友達や恋人が苦痛を感じることもあっただろうと、容易に推測できる。

話がそれるが、僕がここでいう「孤独で自尊心が強い人格」というのは、ある意味、二十代という時代を象徴するのではないだろうか。誰でも少なからずそうだったのではないか？　僕自身も、ビジネスでは人と競い、戦い合い、差をつける勝ち負けで生きてきた面が強い。大変な思いをすることも少なくなかったが、このスタンスがずっと会社を続けられるモチベーションの要因だったとも思っている。

精神医療は、まだ解明されたサイエンスではない

解答のない心の病い

うつ病を発症した龍夢は当初、慶應大学を休学状態となり、復学を決意してからは慶應病院に転院して治療を続けた。しかし心療内科の先生というのも大変だと思う。心が痛んでしまい、その連鎖で睡眠が不調になるなどの体の不全も起こるということも耳にする。龍夢のような患者と気長に向き合い、行動への心がけや人生の岐路へのアドバイスを行う。ときには家族全員に会い、それぞれに患者との対応をレクチャーする。そして、症状に応じて薬を加減し、処方し続ける。僕にはとてもできそうにない。でも誰かがやらなければならない仕事だ。

患者のなかには龍夢のように自殺まで至る人もある程度いる。気を抜けないのはいうまでもない。

医師の診断では、「龍夢は大きく華やかな目標を持つ」一方で、いつまでたっても「目標に近づけず不甲斐ない」ジレンマがあったという。このジレンマも病気の一つの原因になる。躁うつ病には気質的な要素も関係しているとのことだった。それに付随して、家庭環境や学校などの教育環境、そして社会全般の複雑化と変化の速さが関連しているとも考えられた。

龍夢の育った環境には、残念ながらうつ病へと行き着いてしまう事象が多すぎたかもしれない。母親と暮らした家庭のなかでは、母親は龍夢を保護することに熱中し、龍夢は母親を守ろうとした。大学生活も同様で、生き生きと目を輝かせたアングラ劇団での数年も、社会の価値と自分の思う価値観の違いで孤立感を味わう場面は少なかったと考えている。

治療の困難と闘う

それは医師にしても同様で、病理学に基づいた診断と治療は施すものの、患者一人一人が独自の症状を示す難しい病気では、個的な場面での正確な診断は困難を極めたはずだ。ここまでいろいろ述べてきたが、結局、僕を含めて誰も、龍夢の繊細な心の奥底にたどり着けたものはいなかったように思える。

龍夢は担当の医師とは相性が良く、比較的良い関係の医師と患者であったと思う。しかしそれでも、ひょっとして龍夢も、回復への大きな期待は持っていなかったのかもしれない。再び入院（鉄格子のある部屋へ戻ること）するのは嫌だという意識はあって、指示にしたがって服薬はしただろうが、治すために病魔と向き合うということに疲れ果てていた。

僕、兄、母親など、家族は医師と面談し、それぞれ龍夢とどう付き合えばいいかを留意していた。もちろん全員がなるべくその意向に従おうとしたが、結果としては医師からの指示を受けていない人たちもいた。夜明かしで飲んだり話したりという友人たちやその時々の恋人もいて、やはり龍夢の周りを取り巻くすべての人々に、医師や医療のアドバイスが届くわけはなかった。

こうした人間関係のすべてをマークするほど、綿密な治療を望むのはとうてい無理だろう。しかし心の病いとは、そうした隅々にまで及ばないと実効性がないのではないだろうか？　いや、それが果たせたとしても、人の心をうかがい知ることは永遠に困難だろう。重い躁うつ病を持つものの治療はいまだ難しい。

サイエンスの力が及ばない病い。龍夢はそんな病気を背負い、そして自殺へと自らを追い込んでしまったのだ。

鋭い感受性を持ってはいけないのか？

時代の過渡期と日本人の心

躁うつ病が迎える最悪の結末は自殺だと、多くの専門家が異口同音にいう。西欧圏のキリスト教では強く自殺を禁じていて、一番厳しい地獄に堕ちるとされている。宗教的な抑制がある程度きいているようだ。しかし、日本の自殺者の数は、最近では年に三万人以上と、ほかの国に比べて圧倒的に多いというデータがある。日本人は伝統的に死を美化する傾向が強く、自殺に対する抵抗力がキリスト教徒などより少ないのは事実だろう。

また、女性と男性では、男性のほうが女性の三倍以上にも達すると耳にした。不幸なことに、龍夢は日本人であり、男性であった。

しかも日本は今、社会から家庭、学校教育までもが大きな過渡期に直面し、真摯に生きようとする豊かな感受性の持ち主には生きにくい時代状況にある。考えてみると、そうした要素の一つ一つが、龍夢の二九年間弱と重なっているようにも思えてくる。

龍夢は鈍感とは逆の繊細な性格で、痛々しいほどピリピリと過剰に感じながら、クリエイティブという生涯の仕事になるはずだったテーマをネタとしていたはずだ。僕も、もう少し鈍感だったら、などと前述しているが、これこそ父親の無意味な悔いであって何の効力もない。

繊細さを持ってはいけないのか？　素朴にそんなことを念じても、死んでしまった息子はもう帰ってこない。

どれもがSOSだった？

学校教育の問題、日本人の文化観、宗教観を彼に降りかかった問題の一部として持ち出したりしたが、僕は何か他者に責任転嫁して自分を救おうとしているのではない。僕と彼の母親とは確かに別れたが、中学生の頃に両親の離婚を経験した人は少なくないだろう。学校の教えになじめず、孤立した少年時代を過ごした人も同様だ。尾崎豊ふうにいえば、本人たちは、型にはめ込もうとする教師たちと、暗黙の闘いをしたのだろう。

龍夢の生涯に対面したさまざまな状況、彼の性格や血のどれか一つでも組み合わせが違っていれば、病気にもならなかっただろうし、自殺することもなかっただろう。これだけさまざまな側面を持つ複雑な病いの要素を一身に集め、躁うつ病に冒され、自殺してしまったことに、他者には理解できない龍夢の深い孤独や苦しさを感じる。ただ忘れてならないのは、龍夢の行動や表情の一つ一つが自殺へのSOSだったということである。しかもそのシグナルには、家族という個人の力だけでは及ばないシーンも少なくない。

龍夢のようなシグナルを発しているのは、少年、少女、いや大人の男女も含めて多数いるはずだ。病魔に取りつかれる前にストップできるなら、彼らを真に理解し、力を貸してやってほしい。仮に病魔と付き合うことになってしまったとしたら、自殺にいたらないよう手を尽くすことを願いたい。

社会も時代も病んでいる。その連鎖のために家庭も本来の機能を失うケースが少なくない。そんな今だからこそ、龍夢と同じようなシグナルには敏感になり、返答できる方を増やさなければならないだろう。

いうのは簡単だが、僕という経験者でさえ、もう一度数年前に戻り、龍夢と向かい合ったとしても、違う結果を出せたかどうかの自信はない。

慶應義塾大学医学部精神・神経科学教室専任講師

白波瀬丈一郎氏

躁うつ病とはどのような病気なのか、うつ病と躁うつ病はどう違うのか。龍夢さんの場合、どこかほかと違っていたのだろうか。龍夢さんの担当医だった慶應義塾大学医学部の白波瀬丈一郎医師に、専門的なお話をうかがってみた。（編集部）

考えられる原因は三つ

――坂井龍夢さんの担当でいらしたわけですが、彼の個人的なケースは後でうかがうことにします。まずは一般的なうつ病、躁うつ病についてお聞かせください。

「まずうつ病についてご説明しましょう。うつ病の症状は、感情面、身体面の両面の活動が下がっていく状態になることです。意欲が湧かない、興味が湧かない、気分が塞ぐ、悲観的な考えになってしまう。気分、つまり感情面が落ち込んでいきます。閉じこもったり、人と接するのを拒んだりするなどの行動に現れることもあります。

同時に感情面だけでなく身体面でも症状が出てきます。その一つが、睡眠障害です。典型的には、単純に眠れないというのではなく、寝付きはいいが夜中に目が覚めてしまうというケースが多いようですね。また、寝ても寝てもいくらでも眠り続けるということを示されるケースもあります。坂井さんの場合はこれにあてはまるケースでした」

――食欲などにも影響が出るんですか？

「基本的に食欲の低下するケースが多いですね。ときどきダラダラと食べ続けるタイプの方も見られます。体重が減る方も多いんですが、これは食欲低下から、予想される以上に減少するという印象があります。そのほか、頭が痛い、胃がむかつく、便秘などの身体症状があります」

――うつ病になってしまう原因は？

「基本的には三つの要因が考えられます。まずは器質性という要因ですが、脳梗塞のあとなど、脳が損傷を受けた結果、うつ病になるケースです。また、心因性というケースがあります。最近ポピュラーになった『適応障害』というコトバがありますが、その人と環境の不適合でうつ状態になってしまう。ストレスなどの心理的要因もこれに該当します。

そしてもう一つが内因性と呼ばれるものです。内因性のうつ病も脳の故障だろうといわれているんですが、脳のどのような故障によるのか、その原因はまだ確立されていません。遺伝が関係するケースもあります」

――龍夢さんは躁うつ病でしたが……。

「躁状態とうつ状態が交互に現れてくる病気ですね。躁状態になるというのは、うつで落ち込んでいた気分が一気に上がっていくんです。気分が躁になると、頭の働きが活発になり、いろいろなアイデアが次々に浮かびます。身体も活動的になるのが一般です。場合によっては爽快な気分を通り越して、イライラしたり怒りっぽくなったりすることもあります。一人一人違うんですが、とにかく見た目はエネルギッシュで元気そうに見えます。

とはいえ、躁状態の場合はやはりたんなる元気とは違います。アイデアが次々に湧いてくるんですが、何か始めると、すぐ別のアイデアが湧いてきて別のことに取りかかってしまう。その結果、どれも中途半端で終わってしまって、仕上げることができないということが多いです。躁状態の人と話していると、次々に話題が変わって話についていくのが大変ですが、こうした状態を観念奔逸《かんねんほんいつ》といいます。世の中には何も怖いものがないといった誇大的な自信を持ってしまったり、気が大きくなって衝動的に高価な買い物をしてしまったりします。こうした点がたんなる元気とは違う点です」

――躁とうつの繰り返しに周期はあるんですか？

「その前にうつ病だけの方の場合ですが、うつ状態と普通の状態が周期的に繰り返されます。期間はさまざまですが、うつ状態と普通の状態を反復するのが基本です。これを単極性の気分障害といい、うつ病患者のほとんどがこれに該当します。一見エネルギッシュな躁状態と、落ち込むうつ状態を繰り返す、二つの状態を反復するのが双極性の気分障害です。

双極性の患者さんを診ていると、躁状態のときのエネルギーを使い切って、反動が来るようにうつになってしまうんです」

――症状がひどくなるとどうなるんですか？

「最悪の症状は、自殺ということになります」

過眠から躁へのスイッチはない

――龍夢さんですが双極性だったんですね？

「はい。最初、躁状態から始まったんですが、神戸の病院で休養されていまして、その頃のことは私は診ていないのではっきりとしたことはいえないんですが……。大学に復学されるということで、ついては病気治療も東京で継続されるということになり、復学先が慶應大学ということもあったようで、私のところにお見えになりました。

そのときの坂井君は精神的には安定した状態でした。ただ、自分はつねに華やかで、バイタリティ溢れる人間でありたいという思いがとても強く、それ以外の自分のありさまは一切受け付けないという特徴がありました。そのために、こうありたい自分を実現できていない当時の彼自身に対して、不全感や嫌悪感を抱いていました」

――安定状態がその後どう変化したんですか？

「私は東京へおいでになってからしか診ていませんが、病気そのものは、発症してからお亡くなりになるまで、三年か四年だったと記憶しています。私が診てからは、躁とうつを二回繰り返しました。復学が負担になって、うつ状態になった印象もありますが、ただ、復学をやめていたら、それはそれで『復学できない自分はダメだ』という思いが募り、もっと悪くなったかもしれません。ですから、復学したから悪くなった、復学しなければ安定していたという単純な議論ではありません。

復学後うつ状態がひどくなり、入院が必要となりましたから、彼にしてみればどんどん自分のありたい姿から遠ざかっている気がして、不全感に拍車がかかったことは確かだと思います。とはいえ、当時は自殺念慮が強かったので、緊急避難としては入院という選択をとらざるをえませんでした。その意味でもどうすることが正解だったか、難しい議論だと思います」

――症状に特徴はあったんですか？

「坂井君の場合は『過眠』ですね。いくら寝てもまだ眠れるという症状で、極端にいうと、二四時間のうち食事とトイレ以外は寝ているという状態でした。この状態が月単位で続くんです。それが、躁に変わるきっかけはわかりませんが、ようやく動き出してきたかなというときに押さえがきかなくなり、一気に躁状態になってしまうという特徴がありました。

元々エネルギッシュなタイプで、芝居の脚本を作ったり、自身が芝居をしたりしていましたから、それが自分のイメージとしてあり、そういう自分が自分なんだという思いが募るんでしょう。次々といろいろな考えが湧いてきて、あれもこれもと思ってついに行き過ぎちゃうんです。結局アイデアは湧くものの、そうでありたい自分を実現することができない。その結果、自分を責め、うつに戻っていくんです。

やがて彼は、同じことの繰り返しでこんなことを続けていても仕方ないんじゃないかと思うようになりました。さらにその延長線上で、生きる意味がないんじゃないかといって自分を責めるようにもなりました。坂井君の場合、うつ状態のときは、目が覚めると自問自答して自責するようになりました。

平凡な生き方を模索することをずいぶん勧めてみましたが、彼は頑として受け入れませんでした。この頑なさ自体が症状であるともいえますが、この頑なさのために、新たなうつ病エピソードが引き起こされたともいえると思います。残念ながら、この悪循環を止めることができませんでした」

――具体的な治療法は？

「まず、薬による治療が挙げられます。しかし、すべての患者さんに効果を発揮できるわけではなく、薬の治療ではなかなかよくならない場合を『薬物抵抗性』といいます。その他の身体治療としては電気痙攣《けいれん》療法があります。

もう一つの治療方法が精神療法です。うつ病の代表的な治療方法として認知療法というものがあります。うつ病の患者さんには、独特のものごとの捉え方、考え方があって、そのの捉え方、考え方によってうつ状態に陥りやすくなるという考えに基づいています。治療では、こうした独特なものごとの捉え方、考え方を変えていくためのやりとりをしていきます。躁状態に対する精神療法は、確立されたものはまだありません」

――うつ病、躁うつ病って完治するものでしょうか？

「うつ病や躁うつ病は再発することが少なくない病気ですので、完治、つまり完全に病気が治ったという表現はあまりしません。しかし、すべての患者さんが再発するわけではありません。安定した状態がある程度の期間続いている場合には、『寛解《かんかい》』という表現を使います。『病気の症状が軽減、またはほぼ消失し、臨床的にコントロールされた状態。治癒とは異なる』という意味です」

――大変なお仕事ですね。

「確かにほかの診療科目と比べて、医療とか治療という枠を超えてその患者さんの人生に関わるという要素が多くなりますので、期待した治療効果が現れず目に見える改善が得られないと、こちらもつらくなりますね。患者さん本人、そしてその周りにいる人たちが一番つらい思いをしておられるのは間違いありませんが、それでも、患者さんの生きにくさに触れたりすると、こちらもいたたまれない気持ちになります。さらに、自殺という結果になった場合には、自らの力不足を責めるとともに、正直打ちひしがれた気持ちになりますね。

しかし、少しでもよりよい治療を模索していくために、我々医療者は、患者さんの自殺についてもっとオープンにそして率直に話し合い、この不幸な結果から何かを学んでいこうとする姿勢が重要だと思います」

「愛の悪口」 2006年2月末

だいっ嫌い。だいっ嫌い。だいっ嫌い。だいっ嫌い。だいっ嫌い。だいっ嫌い。だいっ嫌い。

だいっ嫌い。だいっ嫌い。だいっ嫌い。だいっ嫌い。だいっ嫌い。だいっ嫌い。だいっ嫌い。

だいっ嫌い。だいっ嫌い。だいっ嫌い。だいっ嫌い。だいっ嫌い。だいっ嫌い。だいっ嫌い。

だいっ嫌い。だいっ嫌い。だいっ嫌い。だいっ嫌い。だいっ嫌い。だいっ嫌い。だいっ嫌い。

だいっ嫌い。だいっ嫌い。だいっ嫌い。だいっ嫌い。だいっ嫌い。だいっ嫌い。だいっ嫌い。

だいっ嫌い。だいっ嫌い。だいっ嫌い。だいっ嫌い。だいっ嫌い。だいっ嫌い。だいっ嫌い。

だいっ嫌い。　だいっ嫌い。　だいっ嫌い。　だいっ嫌い。　だいっ嫌い。　だいっ嫌い。

だいっ嫌い。　だいっ嫌い。　だいっ嫌い。　だいっ嫌い。　だいっ嫌い。　だいっ嫌い。

だいっ嫌い。　だいっ嫌い。　だいっ嫌い。　だいっ嫌い。　だいっ嫌い。　だいっ嫌い。

だいっ嫌い。　だいっ嫌い。　だいっ嫌い。　だいっ嫌い。　だいっ嫌い。　だいっ嫌い。

だいっ嫌い。　だいっ嫌い。


……だいっ嫌いだよ。

「エモーショナルな時代」

少し長くなるけど、これからの僕と坂井さんと世界のために、これだけは話しておかないといけないな、ってことを書きたいと思います。今、時代は新しい局面を迎えようとしています。ここでは便宜上時代を第四局面にわけ、モノを例えに説明したいと思います。

○第一局面

終戦後、モノのない時代。松下幸之助に代表される、さまざまな人物が登場し大量生産をはじめる。「モノがないからとにかく作る時代」

○第二局面

モノが大量に出回るようになり、次はモノの持つ機能を向上させることにより、製品の競争がはじまる。「モノがあふれ、品質が問われる時代」

○第三局面
各製品とも機能が向上し、違いがなくなる。今度はその製品に付属するサービスが競争の対象となる。「機能＋αが必要な時代」

そして、サービスが過剰になり、均一化した現在は、第四局面「エモーショナルな時代」に突入しようとしています。モノがあまり、大量生産は必要とされず、過剰な機能やサービスも不要になった今、何よりも求められているのは、欲しい時に欲しいモノ、欲しい機能が手に入ること。作りの側からの考えではなく、相手がほしいものを個人個人に合わせて作る、人の心に合わせてモノを作る、そのようなモノが必要になっているのです。かといってすべてオートクチュールにするわけにはいかないので、やはり、ある程度人を集め、そこに向かってモノを作らなければいけません。アバンタイムという車が好例です。

「アバンタイム」という車は、本来ならば七人乗れるはずのボディに、たった四人しか座ることができないシートがそなわっています。今の時代、大切なのは何人乗れるかという機能ではなく、いかに快適に乗れるか、という心地よさなのです。あえて座席を減らし、広い空間を作ることによって、車の内的空間を楽しむ。少子化といわれる現在大家族は減りつつあります。子供は一人か二人がスタンダード、親との同居も少ないでしょう。車に乗れる人数は四人で十分なのです。坂井さんが乗っているポルシェにしても同じことがいえるでしょう。内部はせまく、とても快適とはいえません。しかし、ポルシェに乗っている人はやはり快適なのです。

例えば坂井さんが乗っているポルシェは二〇〇キロで走ることができます。しかし、大切なのは二〇〇キロで走ることではありません。狭い東京の道で二〇〇キロで走ることは普通ありえません。ポルシェユーザーは二〇〇キロで走れるんだという感覚を買っているのです。二〇〇キロで走れる車に乗っている。それがポルシェの快適さの一つであることは間違いないでしょう。

世界は人の心を豊かにするモノ作りの時代に入ったといえます。それは別にモノだけではなく、モーニング娘。であったり世の中の流行りモノが、エモーショナルという方向に動きだしているのです。

僕は長い間演劇をやってきました。それは生のお客さんを目の前に演技をするという作業です。失敗するとその場でお客さんからの反応がきます。逆に成功はすぐに伝わってきます。まったく同じ台本であってもお客さんの反応によって舞台上で少しづつ演技を修正します。まさに人の心に自分をぶつける作業でした。

坂井さんがモノの形という見えるモノが主流であった世界で、コンセプトメイキングという見えないものを手掛けてきたのは偶然じゃないでしょう。まったく違う、僕はエンターテイメントであり、坂井さんはコンセプトメイキングであったものが今、時代により、一つの枠にはいろうとしています。新しい時代は、これからはじまります。

れんつぃ童話！「三河屋さんのマカロニの穴」

三河屋さんは「屋さん」とつくのに酒屋さんでも
八百屋さんでもなくって誰も何屋さんなのか
わかりませんでした。
きっと本人も何屋さんだかわかってないんです。
三河屋さんはとっても嘘つき。
いつも世界で一番高い山をのぼった話とか
世界で一番恐ろしい蛇と戦った話とか
世界で一番綺麗なお姫さまと結婚した話をしてました。

……………………………………………………………………………

そのくせ三河屋さんは一度も村から出た事はありません。
ある日三河屋さんは子供たちにこんな話をしました。
ぼくは昔空を飛べたんだよ。今はもう飛べなくなってしまったけどね。
大きな子はもう三河屋さんの嘘にはなれっこ。
でも小さなお子さんは信じました。
「僕もいつかそらを飛べるようになるの？」
「もちろんさ」
ところが、そこに運悪く村一番のがりべんママがあらわれて
三河屋さんはひどくしかられたざます。
それはそれはひどくしかられたざます。
それでもう、三河屋さんは子供には嘘を話しちゃいけない
事になりました。

それから三河屋さんは片腕をぶらぶらさせながら歩きました。
本人は飛べなくなったリンドバーグの
ものまねのつもりだったけど、村の人は誰もたずねず
遠くから気味悪がりました。

でも村一番の年寄りのおばあちゃんは三河屋さんの
優しさに気がついていました。
そこで不思議な粉を三河屋さんにあげたよ。
三河屋さんはその粉で好物のマカロニを
たくさんたくさん作りました。

三河屋さんはさっそくでき上がったマカロニを
村の人にくばってまわりました。
はじめはよろこんだ村の人たちですが

そのマカロニをひとくち食べてびっくり!!
そのマカロニはこの世のものとは思えない
くらいまずかったのです。
村のひと達は一時は見直しかけた三河屋さんを
やっぱり何をやってもダメだ、とまたダメ扱い。
ところが一人のマカロニ嫌いの男の子が
マカロニは食べたくないよう、カレーが
食べたいよって思ってマカロニの穴をのぞいてみると
なんと、穴の中にカレーがあることに気付きました。

そのマカロニは不思議なマカロニ
願ってのぞくと穴の向こうになんでも見える
三河屋さんは一躍村の人気者！

実はね、三河屋さんはマカロニを作る時に
粉に向かって嘘をついたんだって。
「お前は魔法のマカロニだからみんなの願いを
叶えてやれるんだ」って。

しばらくして村の人達は気付きました。
マカロニの中の世界は夢の世界。
見えるけど手に入れることはできないって。
それでも村の人たちは三河屋さんに感謝しました。
夢をもって生きてたら、いつか実現出来るかも、
だからがんばらなきゃ！

三河屋さんは嘘つきじゃなくって夢つきだったみたい。
三河屋さんは夢を売る屋さん。

おしまい

れんつぃ童話！

夢みてんじゃねーよ！　れんつぃ童話でした。

「幸せ」

毎日が
暖かくて
凍えそうです。
しあわせが
さみしいから。

第三章

今日、息子が死んだ

公衆電話からのコンタクト

二〇〇六年六月十八日未明

苦しく悲しく重い事件が二〇〇六年六月十八日未明に突然起こったことは、プロローグでも詳細に書いた。しかし、龍夢が自殺するといって僕たちを慌てさせたのはこれが初めてではなかった。それまでに何度もの自殺未遂を起こしては鉄格子のある病院に入り、朦朧《もうろう》とするほどの精神安定剤を投与されてきた経緯がある。躁うつ病に冒された者の最もひどい症状は自殺だと、当然のように医師から聞かされてきたこともあり、いつかこういう日が来るかもしれないという漠然とした恐れは抱き続けてきた。

しかし、親から見れば相変わらず想像し難い事件でもあった。

龍夢の自殺の前日六月十七日の午前中は、長い付き合いのなかば親戚のようなデザイナーである山中俊治さんと、その奥様と会っていた。龍夢を子供の頃からよく知っているお二人だ。そして、その夜はデザイナーのグエナエル・ニコラのお誕生日に招かれており、デザイナー仲間と深夜まで飲んでいた。相当酔った状態で自宅に戻った。酔っぱらったまま数時間眠ったとき、朝の三時頃電話が鳴り響いた。こういう時間の電話は不吉な予兆を感じさせた。

「今、高いビルの前にいる」

公衆電話からの龍夢の第一声を耳にしたとき、まだ昨晩といっても眠りに入ってから数時間しかたっていない二日酔いの混濁した頭で、僕はいつもと違う胸の高鳴りに襲われ愕然とした。今考えれば、直感的にこれは厳しい状況だと身体が反応したのだろう。

胸騒ぎのとおりの際どい電話だった。

龍夢が「今、高いビルの前にいる」「母親が監視をして、それが嫌で逃げ出してきた」という。「では迎えに行くから今どこにいるんだ?」といつもどおりに尋ねた。そういうときはだいたい、会って彼の悩みを聞き、落ち着かせることが、ごく普通の流れだった。

しかし、そのときに限って龍夢は、頑固にその場所をいおうとしない。「なぜいわないのか?」と尋ねると、「会ったら説得されてしまうから」と答えた。後日、彼の友人からの話でわかったことだが、もう金曜日の夜にはすでにパソコンに遺書を書き残し、あとは印刷するだけの状態だった。

僕はできるだけ平静でいるよう努め、会話も自殺には直接関連しないものを選ぼうとし、思考は空回りした。しかし、長期間の躁うつ病に苦しみ抜いた龍夢には覚悟ができていたようだ。「単位が揃わず慶應大学退学が避けられないこと」と、数日前に紹介されていた「女性にふられてしまったこと」を直接的な理由にあげた。目の前のビルから飛び降りると暗示し、もう一度電話するといって、その電話は切れた。

最後の電話、覚悟の電話

一〇分後、もう一度僕の家の電話が鳴った。

龍夢は相当量の日本酒を飲んでいるといい、ボッーと自己喪失した暗い声で、再び自殺することを暗示した。僕は必死に、何か打つ手がないかと混乱した頭を回転させていた。だが、子供だった龍夢が電車内で泣き出したとき、「あと三〇分泣き続けたら千円あげるよ」といって泣きやめさせたようなアイデアは思いつきもしなかった。自分の命を人質に取った命がけの人間と正常な人間の交渉は噛み合うわけはなく、どだい無理な話だった。

時計もケータイも持たないで家を突然出た龍夢は、しきりに「今、何時？」と時間を気にした。夜明け前に死ぬつもりなのだろうと僕は推測した。

いま思い起こしても、この二回の電話の意味がわからない。龍夢は生きたかったんだろうか？　あるいは死にたかったんだろうか？　自殺を引き止めてもらいたいと思っていたのか？　この世の最後に僕に別れをいいたかったのか？

龍夢の文章には、こう記されている。

「僕はいまだに父を『坂井さん』と呼んでいる。父親というには遠すぎる気がするが他人にしては近すぎる。『坂井さん』くらいの関係がお互いにちょうどいい距離なんじゃないかと思います」

彼はオヤジという言葉を一回も口にせずに亡くなった。

何度も酒を飲んだけれど、何かお互いの心の距離を縮めることは難しかった。

龍夢は、僕に「叱られた記憶がない」ということをいっていた。繊細な子供だから、やはり家を出た父親が自分に愛情を持っているのかどうかを探っていたのかもしれない。


躁うつ病に冒された龍夢は、この苦しみから逃れたかったのだろう。僕は四年近くもの期間、目の前でその苦しみを見続けてきたので、その苦しみはある程度は理解できた。もちろん漫然と見ていたわけではない。医師も病院も生活環境も、こういう日が来ないようあらゆる手を打ち、整備したつもりだった。

その全部が今……。言葉にできない理不尽なことが起ころうとしている。

「今、何時？」

何度目だろう。龍夢がまた時間を聞いた。僕が時計の示す時刻を告げた。

龍夢の心の奥底から出てくる深く暗い声の会話の途中で電話が突然切れた。その瞬間から龍夢と僕をつなげるものは何もなくなってしまった。もう打つ手は何もなくなった。まさに今、龍夢と僕をつないでいた命綱が切れた。どうすればいいのか？　いつになく、僕はただのどこにでもいる平凡な父親として、おろおろと取り乱しながら、ともかく母親に状況を告げる電話をしていた。

警察からの電話連絡

気にしていた時間

あれだけ時間を気にしていたということは、やはり夜明けまでに決行するんだろうと感じていた。前述したように、苦しい病いから逃れたいという気持ちはわかっていた。どこか末期ガンの患者のようなところがあり、つい、それで苦しみが取れるならそのほうがいい解決策なのではと龍夢の心に感情移入しすぎて考えてしまう瞬間も僕や母親の心にはあった。

警察から電話があるかないか、それが龍夢の運命を左右するのだろうと考えていた。が、龍夢が自殺を思いとどまるかもしれないという、根拠のないわずかな可能性が一つだけあった。龍夢は大友克洋さんの映画『蟲師《むしし》』にエキストラ出演したのだが、その試写会が六月二十日で二日後に迫っていた。それを一緒に見にいこうという約束もあった。

夜明けまでの時間を執拗に気にする龍夢だった。

一時間ほど経っただろうか、警察から龍夢の飛び降りを告げる電話がまず母親のほうにあった。それによれば「意識はないが心臓は動いている」と、多少の期待を残す電話だった。万に一つにも回復できるレベルのダメージであれば、たとえハンディキャップになっても命さえ助かるなら、と願いながら僕は告げられた病院へと急いだ。

龍夢が飛び降りたビルと、病院と僕の家は三角形を描く位置にあり、かなりの近距離にあった。したがって病院に駆けつけるのにはそれほど時間がかからなかった。

「死ぬな！　頼むから生きていてくれ！」

僕は父親として当然の願いを胸に病院へと駆けつけた。

確かに龍夢は生きてはいた。

僕が病室に入ったとき、意識はなかったがまだ脈もあり、呼吸も微かに続いていた。しかし、血圧がみるみる下がってきた。飛び降りというが顔も体も、外見上は大きな損傷が見られず、普通に昏睡しているだけのように見えた。

「龍夢！」

僕は静かに呼びかけ手を握りしめた。手はまだ生きていることを示す温もりがあり、僕の手を喜んで受け入れるかのような柔らかさがあった。

僕自身の話になるが、二年ほど前に三階ほどの高さから不注意で落下する事故に遭遇した。そのときは大腿骨を粉砕骨折するだけで済み、現在ではその足も杖なしで歩けるまでに回復している。僕は自分自身の体験を思い返し、彼の身体の状態を見るまでは、ひょっとして龍夢も死なずに済むのではないかと微かな望みを抱いていた。

母親がすでに到着していたが、母親の性格にはショックが強すぎて耐えられなかったのだろう、すぐに別室に移っていった。

医師と看護師を除くと、再び僕は龍夢と二人きりで向き合うことになった。ふと、龍夢も参加していたｍｉｘｉに書かれた龍夢の文章が思い浮かんだ。そこにはなぜか僕のことはほとんど書かれず、母親との生活を中心に書かれていた。その母親が今、ここにいないことが奇妙にも思えた。

「龍夢は僕と母親の二つの世界を持っていたんだ」と、そんなことを場違いに思ったりしていた。目の前の龍夢は、生と死の二つの世界の間にいるとわかっていたからかもしれない。

脳と肺のレントゲン写真が語る絶望

すぐ宣告されない臨終

やがて医師がレントゲン写真を別室に持参し、僕にその画像を示して説明が始まった。不思議なことに外傷らしい外傷は確かになかったが、見せられた脳と肺のレントゲン写真は、素人目にも歪んで損傷が激しいことがわかった。生と死の二つの世界の間にいるという、僕の思いはそこで完全に断ち切られた。「万に一つも生の世界へ戻る可能性はない」と理解したのだ。

映画『蟲師』も見ないで死んでしまうのか！　と、目の前に起きている生の終わりという、あまりにも重い事実とはかけ離れたことを考えていた。

僕は生まれて初めて味わう耐えきれない苦しみと悲しみに包まれていたが、同時に冷静でもあった。人はよく僕を優しい人だというが、まれに冷たい人間だという人もいる。本当のところの僕は、あまり心を素直に表せない性格で、クールな人間と誤解を受けることがある。

映画の話が出たが、僕は映画作品などの感動的な場面に遭遇すると、ついもらい泣きしてしまうほど涙もろいところがある。だが、このことは僕にはあまりにも重すぎる体験ゆえか？　まったく涙が出てこなかった。実は龍夢の死から一年近くたった今も、この状態から解放されることはなく、龍夢のことで感傷に浸り、涙が出てくるということがない。

本当のところの理由は自分でもわからないのだが、「人は泣けるくらいの悲しみはまだ良いほうで、それを超える苦しみに出会うと泣けない」と聞いたことがある。もう一つ考えられることは加害妄想だ。どこか心のなかで自分が彼を死に追いやった張本人だと考えてしまっているのかもしれない。

龍夢の死後、彼の友人やたくさんいたガールフレンド、母親、その恋人……いろいろな人が僕を訪ねてくる。ある人は告白し懺悔する。ある人は自分の責任をほのめかす。多くの関係者が、自分がこうしてさえいれば龍夢は死ななかったかもしれない、と僕と同じ加害感情を抱いていることに気がついた。すでにセラピストの領域だ。この病いの真の重さはそこにもある。

龍夢の手を握ったときも、その温もりを一生忘れないと思ったときも、脳と肺のレントゲン写真を見たときも、まったく涙は出てこなかった。冷たいのではなく、そういう奇妙に冷静で心を表せない性格と上記の加害妄想のためなのだろう。

おそらく医師は、運ばれてきた龍夢を一目見て、助からないと判断していたに違いない。ただ、僕たち家族のショックを考慮し、まず生きていると告げ、レントゲン写真の惨状を少しずつ見せ、時間差を作りながら龍夢の死を現実として受け止められるよう対応していたのだろう。

その小出しの、医師のこういう状況に対応するマニュアルも、やがて終わるときが来た。医師から坂井龍夢の臨終が告げられたのは、二〇〇六年六月十八日午前五時三〇分だった。

きれいな死に顔にキスをして

臨終が告げられると僕は、龍夢の幼かった頃を思い出し、当時のように唇にキスをして別れを告げた。おそらく僕の生涯でも最も大きな悲しみだったろうが、やはり涙を流すことはできなかった。

龍夢の死を、別室でテーブルに顔を押しつけ嗚咽し続ける母親に告げると、とりあえず僕は数人にケータイをかけたり、メールをして連絡を取ろうとしていた。その一人は秘書で、明日から始まる仕事関係のキャンセルが必要だったからだ。そして龍夢の兄と、僕の実弟のYだ。これから葬儀の準備もしなければならないし、警察への事情聴取も応じなければならない。いつもの坂井直樹の表情となり、淡々とそれらの事務的な処理を進めていった。

六月十八日の早朝、龍夢の臨終を見届けた後、とても一人でこれから起ころうとしていることに耐えられないと思い、彼の兄に連絡を取ったが、一向に連絡がつかなかった。兄の友人Iに連絡を取った。ITのエンジニアで睡眠が不規則な人なので、もしかして起きていたらと思って電話をかけたのだ。何とかつながり兄は北海道にいることがわかった。できるだけ早く東京に戻るとのことだった。そのうち仲間内の連絡網にこの情報が駆けめぐり、元僕の会社にいたN君が駆けつけてくれた。そして僕の実弟のYが来てくれた。

元妻と、そのボーイフレンド、元妻の姪、そこにN君とYと僕、長年ほとんど会っていなかった元妻との気まずい空気のなか、病院の地下の霊安室の葬儀社が慇懃無礼《いんぎんぶれい》に告別式のメニューを見せる。僕は常々冠婚葬祭などの儀式めいたものは好きではない。自分自身が死んだら「戒名無用、葬儀無用」と長男にはいい伝えてある。しかし龍夢とはむろんそんな話は確認したことがない、そして遺書にはこうあった。

「式の音楽には出棺時に僕の大好きなベートーベンの『月光』を。
MDからいくつか僕の声を拾いあげてくれるとうれしいです。
そのスキルは青山さんか、北出に頼むとよいでしょう。
あとこの遺書を参列者の方には配ってください。
では、さようなら」

このように克明に書き残している以上、父親としてはその遺志を継いでやるしかない。

ごく普通の少数の身内のみの告別式を考えた。

だが、これまでの生涯でも体験しえなかった最も大きな悲しみの真っただなかであることに変わりはない。

僕は事務的な処理を淡々とこなしながらも、自分のどこが悪かったのかを考えていた。龍夢が死を選ばないために父親としてできたことは何だったのだろう。死を選ばないための最後のキーワードはあったのだろうか？

ふと僕は、自信を喪失した龍夢に対して褒め足りなかったのかとも考えた。もっともっと甘やかし、褒めて褒めて……。

「キミは才能がある。できないことはないんだ。オヤジが援助できることはするから、もう一度頑張ろう！」

最後の電話でも僕は、こうはいえなかった。息子には目一杯の自由は与えたが、どこか突き放したところがあった。それがいけなかったのだろうか？　せめて最後の電話で褒めていれば、と繰り返し後悔したりもする。後日、やはり龍夢の友人から聞いた話だが、僕の彼への評価の言葉はつねに彼を極端に喜ばせ、ときには極端に落ち込ませたようだ。

思い起こされる龍夢との日々

華やかなものへのあこがれ

龍夢が死んだ後、遺書はもちろんPCに遺されたすべての文章や画像を徹底的にチェックしたことは前述した。躁うつ病という、どこかが痛いというような肉体の傷害と違って見えない病気との闘いが、その文章の隅々からもうかがわれた。一方で、コンディションがいいときに書かれたと思われる文章には、病気のかけらも感じさせないほのぼのとした表現もあった。

「僕の名前はりょうむ、漢字だと龍夢。龍がかかっています。そして坂井さんの会社の名前はウォータースタジオ。『どんな時代にも、水の流れのように適応するように』という素晴らしい名前です。水の神様は竜神様、ということでここにもかかってます。ここまでくると、もはや坂井家は竜神様なしでは語れないというくらい大事な神様です」

龍夢という名前は、いくつかあった候補がほとんど母親から却下され、最後に残った名前なのだが、僕も本人も気に入っていた。そして、自分が坂井家の枠にいるような気分を表す前記の文章。躁うつ病になるまえの文章か、あるいは躁うつの狭間の安定期に書かれた文章だろう。

龍夢の母親はファッションデザイナーとして活躍している。僕は龍夢の文章にもある、ウォータースタジオという会社を十九歳のときに創業し経営してきた。時代のデザインをリードする立場を維持し続けてきた人間としてメディアには書かれる。そんな両親を持つ自分は、つねに人前に出る華やかな両親を乗り越える名声を手にしなければならない。これがプレッシャーとなって、龍夢の心が潰されていったのだろうか?

健康であればそうではなかっただろう。彼なりの情感豊かな文章も多数遺されているし、このまま生きていれば、いつかはかなりのところまでいったと思う。

自殺は自分への最大の暴力

龍夢を自殺へと追い込んでいった躁うつ病という病いは、戦地や極端に貧困なところには少ないということを聞いたことがある。躁うつ病とはある意味、悩まなくてもいいことを悩むようなところがある。一種の贅沢病といえるかもしれない。

マズローの欲望の五段階説があるが、明日死ぬかもしれないという最中、明日食べるものがないという極限の最中は、毎日のテーマは生き延びることそのものという最低の段階だ。

しかし、最悪の事態が自殺である躁うつ病は、明らかに逆の高い段階を指している。おそらく北朝鮮やイラクなどには、うつ病など滅多に見られないはずだ。日本や欧米などうつ病の多い国では、生きることよりも死ぬことを考えられる困った高度さがあるのだ。どこか堂々めぐりだが、今の先進国の国々は生と死のリアリティが希薄になってきているのだろう。

龍夢はそんな日本で躁うつ病となった。鉄砲の弾が飛んでくるようなリアルな死との直面はないまま、自らの手で死を選んでしまった。

前記はほんの一部だが、僕は龍夢が死んだあとに残した文章や画像を見ながら、こうしていろいろなことを考えるようになった。龍夢は極めて優しい子だったが、最後に自分自身に痛恨の暴力を振るったんだとも思う。自殺というのは自分に対する最大、最悪の暴力だ。喧嘩一つしない子供が、心の奥底で、このような暴力性を持っていたこともショックだった。

死を選んだ龍夢

兄弟で好対照な気質と生き様

龍夢には四歳年上の兄がいることは前述した。現在、僕の会社を手伝ってもらっている。といっても龍夢がクリエイティブな面で僕をライバル視したように、ときには経営のパートナーとして、あるいはライバルとして僕にガンガン食らいついている。

その僕の会社だが、ちょっと不思議な会社だ。社名は創業以来一貫しているが、業務内容はどんどん変わっているのだ。テキスタイルデザインが主業務だった時代から、アパレルへと移行、プロダクトデザインのコンセプト・ワークから、デザインそしてマーケティングへと変化してきている。

そのため僕を師と仰いだり、あるいはライバルとして考える人たちが、その変化についてこれないという側面がある。かつてのテキスタイルデザインの弟子たちは、次の業界に僕も会社も移ってしまうと、ライバル関係が成立しなくなる。龍夢がそんな僕の変化をどう捉えていたかは定かではないが、ある程度その変化を理解していたように思う。一方の兄はクリエイターというよりは、実務者的なビジネスマンでもあり、ときには父親の過剰な向上心に戸惑いながらも、直接ぶつかることがないのか、ひょうひょうと仕事をこなしてもいる。

兄弟の仲はよかったようだが、気質と生き様はまったく違っていた。そしてそんな兄でも、もちろん龍夢の死には彼なりの思いを持っている。生前は龍夢に対して意図的に厳しく向き合っていた面があった。龍夢のほうは、兄弟だが単純に考え方が違う人だと捉えていたようだ。

周囲すべてに敗北感

僕が本書を書くことにいたったのは、龍夢の果たしたかった夢の一つに出版があったからだ。親ばかもいいところだが、龍夢の残した夢の一つを現世に生きる僕が代行して彼の魂を弔いたいという思いがあり、すでに告別式の当日に、本書の出版プロデューサーの久本勢津子さんにお願いしていた。

龍夢と暮らしていた母親もその周辺にいた人も、そして龍夢の友人たちも、龍夢の恋人も、それぞれが「本当は自分に何かできたのではないか、自分は何が足りなかったのか?」と悔いているのだ。龍夢の主治医だった医師もまた、入退院のスケジュール設定で見誤った部分があったのではないかと、強い敗北感を抱いているともうかがっている。

龍夢の自殺が周囲を困惑させ、その波紋が大きいことを知るにつれて、皮肉にも関係した多くの方にとって、龍夢にそれなりの存在感があったのではないかと思うようになった。龍夢はプライドが高かった。だからこそ、彼の意識でいうなら不甲斐ない自分自身に対する最大の罰として自殺を選び、自ら責任をとろうとしたような意味が遺書にも見られる。しかし、周囲の人々には大量の敗北感を置いて黒板のチョークの文字を消し去るように完全に去ってしまった。

正統派美人を好きにならなかった

つねに若い恋人たち

龍夢の死後、僕を訪ねてきた人は相当数にのぼる。友達が多かったが、かつての恋人もいた。龍夢にはほとんどいつも恋人が存在していたことは、友達の証言や遺されたメールアドレスなどからわかっている。というより、自殺以前には何人か紹介されたこともあったため、異性関係もある程度承知していた。

躁うつ病発症後、医師からコミット頻度を高くするようにと指示されたこともあって、そういうチャンスが増えたからである。

龍夢の恋人にはいくつかの共通項があった。

一つは若い子が多く、高校生という場合も少なくなかった。最後の恋人は高校生ではなかったが、二十歳を少し過ぎた女性で、龍夢から見ればやはり若い。なぜ若い女性が多かったのかは今もよくわからない。母親の影響を強く受けていたぶん、反対側にいる成熟していない若い女性へと傾斜していったのかもしれない。

そしてもう一つ、正統派美人を好きにはならなかった。プライドが高かったためか、恋人が美人では、自分に引け目があって、うまく心の交流ができない未成熟さがあったのではないかと想像している。

さらに、ほとんどの恋人、ガールフレンドとの付き合いは長くはなかった。

それは龍夢の依存心が強かったからに違いない。

繊細な精神で、クリエイティブなものに興味を示す、ファッショナブルなスタイルの男は、当初、女性の心をつかみやすいかもしれない。だが、自分の心をコントロールできずに、場所も時間も考えずにつねに恋人にコンタクトを取るような依存症があった龍夢は、相手を苦しめたことだろう。

さらに男友達と違って、恋人に求められるものが母性であったり、生きるということの根源につながるような難解な話だったりで、彼女たちにとってはだんだん負担になっていったのだろう。龍夢の芝居のテーマが「愛と死」であり、それは両親とのリアルライフがベースになっているのだが、それと同じストーリーにすべての女性がついてこられるとは思えない。

恋人が若い女性でなく、世間も人間関係も知り抜いている大人の女性なら別だが、龍夢は若い女性にそれを求めてしまったのだ。これでは長く付き合いが続かなくて当然だろう。しかし、たとえ別れてしまっても、気になる存在として心のなかには残ってしまう。そんな男が躁うつ病の果てに自殺したと聞くと、自分の対応に何かが足りなかったかと思うのはむしろ自然だろう。

これは龍夢のケースだけではない。心の病いによる自殺には、周辺の人々の隅々までこれだけ強い影響が残る。この事実は、現在躁うつ病と闘っている方々、その家族の方々には知っておいていただきたい。多くの人々の心のなかに濃厚な敗北感を残す。それが躁うつ病による自殺の後遺症なのだ。

ニートのようでニートではない

経済活動はほぼしなかった

「近年、僕ら親子の関係はとことん金がらみです。本当に金がほしい、という僕の気持ちもありますが、別に親子での会話、親子で話さなきゃいけないことなんてほとんどないので、どーしてもそのくらいしか、つながりがないんです」

龍夢が遺した文章にはこのようにシニカルな文章もあった。ただ、親子の会話がなかったかといえば、そうではなく、二十代後半の息子としては父親とよく会話し、話題も多方面にわたっていた。僕の話は照れ屋ゆえにストレートではなく、持って回った多彩な皮肉を含むことが多々あったが、それを理解できない未成熟な龍夢ではなかった。

ただ、龍夢は間もなく二九歳になろうとする自殺の日まで、経済活動らしい活動はほとんどしなかった。コンビニ店員のようなアルバイトは経験したが、それも長続きすることはなかった。そのため、特に慶應へ入るときの入学資金やそれ以前の芝居にかかる費用は、ほぼ両親や彼の叔父のKさんが負担していた。

自殺の半年くらい前も、また芝居をやろうかと思っていると切り出し、それなりにまとまった出資を頼まれたこともあった。病気の入院があってこの話は消えたままになったが、自分で金を作って何かをするという発想がなかったのは事実である。周りから見ると、ずいぶん甘えたお坊ちゃんに過ぎなかっただろう。

第一章でそのあたりは触れているが、「豊かな才能があり、目標も高いところに置いたとしても、その活動をマネージメントできないというのはクリエイターでもない」というのが僕や兄のようなリアリストの考え方だった。この点で僕と龍夢は、最後まですりあうことはなかった。

仕事への意欲が空回り

経済至上主義に関しての考え方では、意見が合うことのない理想家の龍夢だった。それでも彼の死後に甘い父親が考えたことは「もっと褒めればよかった」であり「甘やかせばよかった」なのだ。まるで僕自身が二律背反に落ちているようだが肯定も否定もしない。躁うつ病とはそういう病気だからだ。

しかも龍夢が躁うつ病に冒される要因の一つとして、自らのプライドを満足させる社会的なステイタスを手にできなかったことも考えられる。それは二十代ではわずかな人しか手に入るはずはないのだが……。

それでも多少のビジネスらしきモノを経験するために、自殺の直前まで時計会社の広告のプレゼンを作るなど、仕事への意欲も強く持っていたことは後で知った。

龍夢は一種のニートのような存在だった。ニートが社会問題化しているが、これも急激に変化する社会が産んだ反動かもしれない。僕の会社がつねに変化し、ついてこれない弟子がいたという話とは違う。考えることが多すぎて、働いて務めを果たし稼ぐというあまりにもシンプルなことに、クリエイターとしてさほど価値観を感じなかったのだ。

犠牲者を増やさないために

日本式教育を否定

時代は過渡期にあり、変化、進化が速いことは万人の認めるところである。ところが小中学校では五年後十年後の時代変化に対しては想像力がなく、今よりも古い感覚の指導要領などで生徒を教えようとしている。

龍夢は大学へ進むため、大学入学資格検定を経て入学試験を受ける、という遠回りを余儀なくされた。龍夢はともかく進学できたが、途中で挫折してしまう子供も少なくはないだろう。

少子化への危惧が云々《うんぬん》されているにもかかわらず、その少ない子供たちを、将来の社会への参加者として育てようとする気配が日本の教育には感じられないのだ。いじめだの学級崩壊だのは現象であり、ゆとり教育か反ゆとり教育かも含めて根本問題ではない。将来へのビジョンのない教育こそが問題なのだ。

大学教育も同じだ。

学校という世界から一歩も出ることなく、社会の空気を吸ったこともない教授が講義をしている姿も多く見受けられる。社会（娑婆《しゃば》）の空気に触れていない教育など面白くもないし、役に立たないのは学生のほうが先刻承知なのだ。

アンディ・ウォーホルという生き方

僕のヒーローはアメリカのアーティスト、アンディ・ウォーホルだ。学生時代から今もなお大きな影響を受けている。ウォーホルは有名なマリリン・モンローの版画を制作するとき、その当時のウォーホルのファクトリー（画家においてのアトリエを、あえてそう呼んだ）に訪れるさまざまなゲストに好みの配色を選ばせて、ときにはお客さんに「warhol」とサインまでさせてしまう。これは自らのアートに対する関与を極力薄めながら存在感を示すというウォーホルの方法論だった。

言葉で説明するのは困難だが、ウォーホルのアートというのは、自分の存在を「派手に消す」という手法だった。もちろん、そうすればするほど存在したウォーホル。まるで工業のようなアートを目指し、コカコーラに象徴されるように大量生産には寸分差異がなくプロダクトを生み出せる、という独特のアイロニーをアートに移植した。一般人にはなかなか理解できないようだが、それでも九百億円という資産を遺すほど、ビジネスマンとしての成功も手に入れた移民の子供だった。

僕が大学で教えるとき、このウォーホルを教材にすることがある。まず、ウォーホルを知ってるかと聞くと、理系の学生などはせいぜい五〇人に二人くらいしか彼を知らない。それで簡単にプロフィールを紹介し、彼のドキュメンタリーの二時間くらいのＤＶＤを見せる。

その映像のなかでもとても印象的な場面がある。三分ほどの八ミリフィルムの撮影現場を見せるのだが、ウォーホルはカメラをスタジオのなかに置き、女優やゲイ、友人など（サルバドール・ダリもその餌食になった一人だ）を撮影する。カメラアングルだとか演技指導などは一切しない。

それどころかカメラを動作したまま放置して自分は出ていってしまう。すると被写体になったモデルは、うろたえたり、格好をつけたり、さまざまな表情をしたりする。そうした反応の一つ一つがその人の真の最高の姿で、自分が関与しないことで完成する究極の作品なのだ。大学の講義では、このアーティストへの感想を四百字にまとめさせるということをする。

テーマは「このアーティストの持つ社会的役割」とするが、「ウォーホルの真実の姿」にまで行き着ける学生は五〇人に一人が現状だ。だが、講義そのものは面白いと学生たちが作るブログで大受けしているようだ。

龍夢のためにも学校を！

世界を目指し視野を広げる

ちなみに龍夢にもこのアンディ・ウォーホルのＤＶＤを見せたことがある。それ以前の龍夢とそれ以降の龍夢とは明らかに違った理解を僕に示した。

坂井直樹が目指している表現とは、こういうことだったのかと……。

五年後十年後の近未来にも対応できる教育の、一つのカタチとはこういうことだと考えている。最初は五〇人に一人しか理解できないものを示し、最後には数名が理解に近づく。初めから十人中九人が理解できるような、最初から答えがあるというのは問題の資格さえない問題だろう。予定調和のつまらない問いを聞いていては、教育のなかに創造性が期待できなくなる。社会の経済格差が問題視され、働けど働けど貧しくなっていくワーキングプアの存在も厳しい現実だ。多くの子供たちが自分の父親を見て、こういう人にはなりたくないと思うような時代だ。

社会には想像力が必要だ。そのなかに夢や希望が込められている。

龍夢もニートのようなものだったが、年齢より幼い精神性には世の中への懐疑は強かっただろうし、そこにいたる家庭や学校の教育環境にも問題があったのだろう。

教育という供養に力を注ぐ

今の僕には、デザイン・スクール構築の案がある。

龍夢は僕の息子だが、自殺してしまって今はこの世にいない。あれから一年が経ち、すでに起こったことをいつまでもくよくよと考えていても龍夢は戻ってこない。今度は他人の子供を育ててみようと思いいたったことが僕のなかの動機としては大きい。

確かに龍夢にも独特の接し方をしてきた僕だが、自分の子供じゃないからもっとバランスよく対応できるだろう。このデザイン・スクールで、世界に旅立つ豊かな才能を育めれば、志なかばに亡くなった龍夢の死を無駄にしないことにもなると考えた。

僕のような思いをする可能性があるご両親、あるいは似たような境遇にある方のためにも、僕はこの「教える」という仕事で、世界のなかの日本をもう一歩、少しでもよく描き変えることに力を注いでみたいと考えている。

インタビュー

亡くなる直前まで親しく付き合っていた慶應大学の年下の先輩

F氏

龍夢さんと慶應大学で知り合い、最後の一年ほどは最も親しく付き合った友人がいた。年は三歳ほど下だが、F氏は龍夢さんの苦悩を身近で見続けた。龍夢さんと過ごした日々、自殺を食い止められなかった悔いなどを語っていただいた。　（編集部）

『放送作家トキワ荘』の打ちきり

——龍夢さんとは大変親しかったようですが、どのような形で知り合ったのですか？

「僕が大学四年の秋でしたから、二〇〇二年秋だったと思います。大学の学園祭で、友人がDJコンテストを開催したのですが、そのときの一般出場者の一人に龍夢クンがいたんです。年は僕より三歳上でしたが、学年は下でした。

僕はそのコンテストの、本大会出場者を決めるテープを聴かされて、すごい面白いやつが現れたなと思いました。ともかく下ネタを大量に使っていて面白かったんですよ。後日、本大会のコンテストを見に行くと、ラジオのＤＪなのにワインを壇上で開け、『飲んで飲んで！』と客席に配って歩いたりするんです。ラジオというより、総合演出的な面白さがあると思いました。

ただ会場ではあまりウケがよくなく入賞もしなかったんですが、僕とその一角では大笑いしていたんです。その後、このコンテストの主催者と龍夢クンと僕と女の子で鍋を食べる機会があったんですが、『いやあ、あれは面白かった』というと、『けなされるのは慣れているけど、褒められるとどうリアクションしていいかわからない』なんていうユニークなリアクションをしてくれて、一気に仲良くなったんです。

大学生ですから、よく飲みに行くとか食事に行くとかするんですが、僕と龍夢クンはそのときからそういう仲になりました。僕が『大学を卒業したら、写真を勉強していきたい』というと、『それはいい方向だね』といってくれたりしたんです。みんなが就職就職といってるなかで、そういってもらえて意気投合できた面もあります」

――龍夢さんはどんな飲み方なんですか？

「飲んで周囲を盛り上げるほうでしたね。ただそんなに強いほうじゃなくて、盛り上げるだけ盛り上げると、発言が過激になったり女の子の膝で寝てしまったり、なんか買ってくるといって出ていって行方不明になったりすることはありました。ただ『放送作家トキワ荘』という日本テレビの番組に出ていて、これは放送作家の卵がテーマに沿った企画を作るという内容なんですが、赤かオレンジの派手な色のコスチュームを着た龍夢クンはけっこう成績がよかったんで、もう一つ上の段階へ上がれる直前だったと思うんです。が、番組そのものが打ちきりになり、活動の場を一つ失った龍夢クンはその後、酒の量が多くなったような気がします。たぶんこのときに、躁うつ病の入り口に入ってしまったんだとも思います」

――龍夢さんに具体的な変化があったんですか？

「ともかく落ち込みがちになりましたね。『僕より演劇について考えているやつはそういないよ』と自信を持って話し、明治大学の演劇サークルや、小劇団でのエピソードなどを、笑いのツールとしてよく話していたんですけどね。『結局、生きていてもいつかは死ぬよね。だったら別に、今死んでも同じだよね』などといい出すようになったんです。

それでも当時は、龍夢クンには面白いことができるはずだという確信が僕にはあって、出演者全員が死ぬような劇でも面白ければいいじゃない。マスにはウケなくても、彼にはできると思っていたので気にならなかったんです」

――病気のことを知ったのはいつ頃ですか？

「成田だったかな、そこに入院してからですね。『入院することになりました。ケータイ取り上げられたし』というメールが来て、なんとなくそう思ったのが最初でしょう。入院前から本人が『うつ』だともいってたんです。一ヵ月くらいして帰ってきたとき、久しぶりに会った印象としてはちょっとヘロヘロかなくらいで、入院疲れは感じませんでした。でも『ほかの入院患者に中国語が話せるという人がいて、見せてくれたメモが全部日本語なんだよ』というような話をして、ある意味、ずいぶんクリエイティブな連中に囲まれていたんだなと思ったとき、心が元気じゃない病気だとは思いました。そのあとすぐに、なんで入退院を繰り返すのか、病気のことも含めて話してもらったんですけどね」

薬も多めに飲んでいた

――その後も、龍夢さんとは頻繁に連絡を取ったんですか？

「病院から帰ってくると、夜中に電話がかかってくることもたびたびでした。キャバクラへ行ったことがないという龍夢クンが、お金は出すから一緒に行こうと誘い、渋谷へ飲みに行くなんてこともけっこうありました。そういうときはすごい躁状態で、躁状態のときは歩き方も違うんですよ。弾むようというか、スキップとも違うリズムで歩くんですね。それで心配なので家まで送り、彼が寝るまで横にいて、寝静まったらメモを置いて帰るようなことはしていました。

うつ状態になると、ベッドに寝たままでタバコを吸いながら『宇宙の発生がどうの……。どうせ終わるわけジャン、宇宙だって』なんていい出したりしてましたね。治療のための薬を飲むんです。すごく沈んでいる状態をちょっと沈んでいる状態に近づけることはできるらしいんですが、薬のせいか、『昔は考えられたクオリティでものが考えられないのが悔しい』といってたこともありました。そんなときはボーッとしているらしく、吸いかけのタバコの灰が燃え尽きるまで持っていたりするんで、灰皿を差し出したりしたこともありました」

――だいぶ、龍夢さんに時間を割いていたんですか？

「前にもいったように僕は就職をしなくて、写真の勉強を本格的にしたいと思っていたので、カメラマンの助手をしながら家庭教師などのアルバイトで食べていたんです。そういう意味ではサラリーマン一年生よりは時間の融通がきいたこともあり、龍夢クンも僕とより多くコンタクトを取るようになったんだと思います。当時の僕は、コンタクトの時間帯は問わなかったですからね。

龍夢クンが僕にコンタクトを取ろうとするときは、大ざっぱに分けて二通りあったと思います。一つは、したい話があるときで、これは躁状態のときなんです。『脚本の翻訳をしてくれないかな。ハリウッドへ行って見せたいものがあるんだ』なんて話が多かったですね。もう一つはもう、聞くまでもないんです。『僕は今、死にたいんだよ』的な話で、もちろんうつ状態のときです。そんなうつ状態のときに何日か一緒にいると、本当に苦しそうにする姿も見ました。コトバがコトバにならないんですよ。だからちょっと電話がこないときには、うつで苦しんでいるのかなと心配にもなりました」

――友達とはいえ、いろいろしていますね？

「僕は根本的な解決をする知識もスキルもないし、精神科医の先生が治療のスケジュールも作っているだろうということで、できることだけをするようにしていたんです。本当に死んじゃうかもしれないという思いはあったので、死にたいといってきた日には『とりあえず明日にしてみれば』的な会話をダラダラとし、引き延ばすという手段を取ったんです。それと、頼まれたことはできるだけやるということも。慶應病院に入院しているときには、読みたいというマンガの単行本を六〇巻古本屋で買い、運んだりもしました」

――ほとんど毎日会っていたんですか？

「そこまではできませんでした。ケータイから心配そうな様子が伝わってくるときには、二子玉川の家まで見に行ったりしましたが、たぶん、週に一～二回程度だったと思います。

龍夢クンが自殺する二週間前、正確には六月四日ですが、『彼女と喧嘩しそうなので、時間稼ぎに来てくれない』という連絡があり、三人で居酒屋に集合しています。『今夜は彼女といたいので、終電逃す時間まで付き合って』というメールを、目の前の僕にしてきたりして元気でした。うまく終電を逃し、二人は龍夢クンの家に向かい、僕は別の用件があって別れたんですけどね。

この彼女が龍夢クンの最後の彼女でした。僕が龍夢クンと出会った頃、高校生の彼女がいたんですが『神さま』といってました。その後も何人かの女の子と付き合うんですが、決して神さまとはいわなかったんです。最後に合ったのは六月十三日でしたが、このとき『僕は神さまの作り方を思い出した』といってました。特別な彼女だといってたんですけどね」

——龍夢さんの亡くなる当日はどうしていました？

「直前に電話が来ました。六月十七日の午後十一時半頃でした。いつものようにうつのときの調子で『もうダメだ』といってました。さらに遺書を作ったがプリントアウトできない、死ぬためのロープを買ったが母親に見つかり捨てられた、どうにかこの部屋で死ぬ方法はないかな、などともいいました。僕はうつの状態のときの電話への応対方法で、パソコンのプリント設定は明日見に行くから待っててよとか、話を聞くとその部屋で死ぬのはムリそうじゃない、などとダラダラ話したんです。
外へ行って飛び降りるともいいましたが、顔がグジャグジャになるのは嫌だよねとも話しました。以前にもそんな話をしたことがあったからです。まさか、その日飛び降りてしまうなんて！
僕が悔やんでいるのは、買ってきたロープが捨てられたというような母親の監視があるなら、とりあえず今晩は大丈夫だろうと思ってしまったことです」

――そんな龍夢さんとの付き合い、負担じゃなかったんですか？

「負担？　そうですね、そういう面もあったかも知れません。しかしそれよりも、龍夢クンの死ぬの生きるのという話に若干慣れていたという油断は悔いています。負担よりも慣れですね。そこで判断を誤ったばかりに、もう二度と会えなくなってしまった。その反省は今でも、何度も何度もしているんです」

「誉めない」

将来の夢っていうか、そういった話です。子供にはよく無限の可能性があるといいます。確かに見えてないいものが多いので可能性はあると思います。ただ限界はあります。

お隣の○○ちゃんはピアノが弾ける、お向かいの○○ちゃんは勉強ができる、角の○○さんちの子供は運動ができる。でも、それらすべてを自分の子供にやらせてもできるとは限りません。得意不得意もありますし、たくさんのことをやれば、それだけ一つ一つが薄くなるだけではなく、子供の負担も大きくなります。

さらにお隣の○○ちゃんは鼻からそばを出せる。お向かいの○○ちゃんはひよこの雄と雌が見分けられる。角の○○さんちの子供はヨークシャテリアに似てる。そんな無駄なスキルは身につける必要すらありません。

よく帰国子女の子をつかまえて、英語（または他の外国語）ができてうらやましい、とかいいますが、帰国の子は帰国の子で、日本語があまりうまくなかったり、二つの言葉がまざってなかなかどちらにもなじめなかったり、いろいろ大変なようです。だから、本当にいいのはきっと、子供に多くのことを体験させてあげて、子供が本当にやりたいことを、うまく見抜いて、サポートしてあげることなんでしょうね。難しいとは思いますが……。

ただ、うちの親父は、独自の手法で子供の夢を育てます（つぶしてる気もするけど）。まず、息子のことをまったく誉めない、とにかく否定します。小学生のとき国語の授業で「詩」を書いてえらく評判がよくって、みんなに誉められました。今でも内容を覚えてます。

『海』
海はゆれる
ゆらゆらとゆれる
つなみもゆれる
波が岩にぶつかるとザバーンという音がする
不思議な海

今でも覚えてるぐらいだから、よほど誉められたんだと思います。しかし、親父はまったく僕を誉めませんでした。

(ちなみに次の作品、俳句の授業の、季語をいれた俳句では「どどどどど　どどどどどどど夏の滝」という作品で、夏の滝の豪快さを表現したのですが、返却された紙には先生の字で「まじめに書きなさい」という評価を頂きました)

その後、僕は、ダンボールやお菓子の箱などで忍者屋敷など、箱庭的なものを作るのにはまりました。そして、その当時(中学1年ぐらい)の家庭教師の先生に誕生日プレゼントとして、橋をつまようじで作りプレゼントしました。よくいるマッチで城を作るような地味な作業をするくだらないがきでした。しかし、なかなかいい出来で、みんなはとっても誉めてくれました。ところが親父はノーリアクション。なかなかむかつきました。

誉められたことも一回だけありました、一回だったのではっきり覚えています。父が仕事でお酒のネーミングを考えていたときのことです、親の話に口を突っ込むのが大好きだった僕はいつものごとくネーミングにも意欲満々で参加、そのとき「青二才」は？　っていったのを親父が「それ、いいな」っていったのを覚えています。子供のときに誉められたことが、それぐらいしかないので覚えています。その後、お酒はほんとに発売されました。その名も「玉ウサギ」……。「全然違うじゃん！　親父！」あんなに誉めてたのに……。記憶に残る唯一の誉め体験でした。

「どうしてこんな所にきてしまったのだろう？」

こんな風になりたいんじゃない。
ただ普通であることにも我慢はできない。
道は一つしかないのか？
もっと自由だったはずだ。
でも、ここに追い詰められて。
僕は進むか、それをやめるかしかない。
僕はどうする？
僕はその方向に進みたいんじゃないんだ。
後ろにも行けない。

どうすればいい？
どこに行けばいい？
何をすればいい？
僕は。
どうしてこんな所にきてしまったのだろう？

「太陽への階段」

太陽が熱いなんて嘘だ。
鑞《ろう》でできた翼は溶けたりはしない。
そのことに、気付いた僕は、太陽への階段を作りはじめた。

私は左足を引きずりながら公園を歩いていた。
ただ意味もなく。風を感じて。
空には月が出ていた。その月が、今日はやけに大きく見えた。

僕は、公園にいた。僕は汗をかいていた。
それは単に、僕が動いていたからではなく
焦りのようなものだった。
とにかく僕は、汗をかいていた。

夜の公園は、静かで、自分一人の世界みたいで
さみしいけど開放感があった。
この場所は、そう、とっておきの場所。
私には思いで深い場所だった。

私は左足を引きずりながら尚も公園を歩いていた。
ザザ、ザザ、という音が公園に響きわたる。
公園のベンチを抜け、街頭のある場所に出ると
私は、ある男の人にであった。彼は穴を掘り続けていた。

「何……してるんですか？」

私は何気なく声をかけてみた。

彼は答えた。

「土、掘ってるんだよ」

「なんのために？」

「太陽への階段を作るためだよ」

私、はじめは頭がおかしいのかと思った。

でも、彼はまじめだった。

それから私は、毎日公園へ通うようになった。

彼の話は、端から見たら少しおかしいと思うかも知れないけど、私にはなんとなく理解できた。

私達は、いろいろな話をした。

太陽が熱くないってこと。

イカロスの翼のこと。

触った人なんていないってこと。

それなのになんで人は熱いって決めつけるのかってこと。

彼が二〇歳で私の一つ上ってこと。

私はこの風が気持ちよくって好きだってこと。

夜の公園が好きだってこと。

私は春にうまれたのに秋が好きだってこと
彼が夏にうまれたってこと……。

私は、だんだん公園に行くのが楽しくなった。

彼と話すこと、何よりも大切な時間になった。

「今日も掘ってるの？」

「うん」

「いつまで続けるの？」

「太陽に届くまで」

「じゃあ、まだまだだね」

「いや、もうすぐだよ」

「ね、見せてよ」

「何を？」

「あなたの作った階段」

彼は私を彼のマンションに連れていってくれた。

それは、彼のマンションの屋上にあった。

土で出来た、小さいけど雄大な階段。

しかし、その階段は、まだ6段目の途中だった。

「まだ、6段しかないじゃん?」

「いいんだ。コーヒーでも飲む?」

「うん」

彼は、謎だらけだった。

「7っていう数字が大切なんだ」

「7?」

「うん。太陽は7の日だからね」

「本気で太陽まで階段を作るつもりなの?」

「うん。でも、もうすぐだ。君は?」

「えっ?」

「もう一度、踊らないの?」

「知って、たんだ……」

「あの公園で毎日見てた」

「事故でね、もう動かないんだ、私の左足」

「そっか、じゃあ太陽にお願いしてきてあげるよ、太陽は何でも叶えてくれる」

彼の入れてくれたコーヒーは、とても苦かった。

包装された荷物をもった私が、ズズ、ズズ、と左足を引きずって公園をあるいている。
いつもの場所。
いつもの時間。
おかしい。
彼がいない。
その日は、強い風が吹いていた。
今日は、やめたのかな、風強いし。
私は、しばらくそこで彼を待っていた。
けれど、彼はあらわれなかった。

なんで彼はこないんだろう？　私は考える。
ただ、漠然として考えていたことが頭の中でつながる。
私は、恐ろしさを覚えた。
今年は７の年、今は７月１４日。
私は持っていた荷物を投げ出して彼のマンションへ走った。走った。

走った。

屋上までのぼると、階段は完成されていた。
7の年、7月14日、彼の21回目の誕生日。
7段の階段は見事に完成されていた。

屋上から下を覗《のぞ》き込むと、そこには血に染まった彼の遺体が。
骨まで崩れ人間の形をしていなかった。

後日。彼は精神に異常をきたし屋上から飛び下り自殺したと警察から発表があった。
けど、私、違うと思うの。
彼はきっと太陽に、太陽に辿り着いたんだと思う。
おかしいと思われるかも知れないけど、そう思う。
私、走った、走った、走った。
あの日から、私の足は、少しずつだけど動くようになってきている。

太陽が熱いなんて嘘だ、
鑞で出来た翼は溶けたりはしない。
そのことに気付いた僕は、太陽への階段を作りはじめた。

過去の劇団公演、出演

1997年5月　萬野組「合言葉は宇宙」出演。
1997年8月　トリッピングオナニーズ「オルタネイティブ禿」出演。
1997年9月　トム・プロジェクト新人公演「7のない少女」出演。
1997年12月 トリッピングオナニーズ「火星人ピピクピル」脚本、演出、出演。
1998年2月　ポツドール「しあわせ花」出演。
1998年4月　劇団インベーダーじいい「桜咲かそう祭り」主演。
1998年5月　劇団インベーダーじじい「流し目番長」出演。
1998年6月　ロニーロケット「目には歯を」出演。
1998年9月　早稲田大学演劇倶楽部新人公演「フタバ」出演。
1998年11月 ロニーロケット「フルメダルジャケット」出演。
1999年1月　早稲田大学演劇倶楽部企画公演「優しい下り坂」（現スローライダーの山中隆次郎脚本、演出）出演。
1999年3月　早稲田大学演劇倶楽部企画公演「宇宙マナー」脚本、演出、出演。
1999年9月　早稲田大学演劇倶楽部新人公演「19」脚本、演出補佐、効果演出。
1999年12月 宇宙マナー「コリアンタイフーン」脚本、演出、主演。
2000年3月　宇宙マナー「サイクリング・ア・ゴー・ゴー! ～草原には死体がいっぱい～」脚本、演出。
2000年6月　宇宙マナー「サマーラブセンセーション ～首を吊ってから死ぬまでに考えたこと～」脚本、演出。
2001年6月　宇宙マナー「クレオパトラムース」脚本、演出、出演。以後、演劇活動を休止、ラジオ、テレビを中心に活動。
2006年5月　宇宙マナー「マイスゥートブルーベリータルト」脚本、演出で演劇活動再開予定。

その他に、音楽作品「ウォール」映像作品「生きるって何?」「アイ,ノウ」がある。

Ryoumu's File⑫

履歴書

名前　坂井龍夢（さかいりょうむ）
生年月日　1976年11月16日生まれ（28歳）

学歴

平成5年　目黒区立第三中学校卒業
平成13年　大学入学資格検定合格
現在、慶應義塾大学　環境情報学部在学中
福田和也研究会所属

芸歴

劇団宇宙マナー主宰（観客総動員2,000人強）
早稲田演劇フェスティバル参加
その台本が早稲田演劇博物館に永久保存
トムプロジェクト新人オーディションで700名から合格（役者として）
東京乾電池戯曲オーディション最終審査落選
電波少年的放送局企画部放送作家トキワ荘出演（7,000人から）
TOKYO1週間読者モデル
公募ガイドで送った「五行句」が入選。本になる。
レディオ湘南で1年間ミュージックナビゲーターを経験
FMバードミュージックナビゲーターコンテスト6位（ラジオDJとして）
下北沢短編映画際出演
映画「蟲師」（主演、オダギリジョー　監督、大友克洋）出演
脚本家、演出家、役者としてだけではなく多方面に渡り活躍中。

「遺書」

我ガイアより生まれし魂、ガイアに帰す。
我は無宗教なり、なれどガイアを信ず。
ガイアは一つの生命なり。
生物は、偶然この世に存在したのではなく、
ガイアという大きな意識の示す先に存在するものなり。
共通無意識の存在。（ある島の猿が新しい食料の食べ方を
発見した、その時地球の裏側の猿も、同じ食べ方を会得した）
共通無意識は、存在する。
それこそガイアの命なり。

我魂となれど、ガイアに帰して、皆の中に存在し、
永遠に我と君らは同一のものなり。
共に考え共に進もう。
まもなく地球の青年期は終わる。
成熟された世界は、成長から老いにかわるであろう。
なれど心配することはない。
ガイアは、宇宙の命の一つ。
その命消えても、また宇宙に帰するであろう。
そのループは無限に繰り返される。

大いなるガイアに警告する。
人の道は、得をではなく、徳を徳とし、
合理などとという、無駄なエネルギーを捨て
仁を持って治めるものなり。

資本主義は、得を重んじ、いたずらにエネルギーを使い
ガイアは、このままでは、より早い時期に
力を失い老年期に入るであろう。
人間の本質は、善か悪か。
答えは「空」なり。
人間は空として生まれ、その空を埋めて生きていく、
それを経験と呼ぶ。
人は人の中に生きる。
この命の最後の輝きは、人が徳と仁を持って
生きることを願うものである。
あなたの傍にいつでも我はいる。
今、ガイアを守り、大いなる偉人達と共に。

迷惑をかけた責任は死んでも償えないでしょう。
責任を感じないでくれといっても責任を感じるでしょう。
でも、本当に責められるのは僕で、自分を責めることはなさらないで下さい。

お願いがあります。僕を思い出して下さい。
時々笑いながら、話に出して下さい。
人間はもしかしたら、死なないのかも知れない。
だってあなたの中に今、僕はいるでしょう？
死ぬっていうことは忘れられることだと思います。

忘れないようにしよう、楽しいこと、悲しいこと全部一緒にして。

死後、僕の遺品（本、服、ビデオ、ＣＤなど）、遺稿などは永久保存してください。
そしていつでもみんなが閲覧できるようにしておいてください。

それが僕をこの世に残すすべてです。

できる限りメディアにも、流れるようにしてください。

それが僕という意思の最後の願いです。

よしのり、お前はまだ若いからお前の道を行け。

ゆうた君、僕を記憶の中に保存して誰からでも引き出せるようにして欲しい。

（パソコンのデータめんどくさいかも知れないけど全部見てくれ。）

ゆぅ、俺を理解して時代の感性叩き込めるのはゆぅしかいねえ。ちょっと重たいかもしんないけど、俺の作品に今の感性をがんがん叩きこんでこの世に出してくれ。

さかいりょうむ

追伸、式の音楽には出棺時に僕の大好きなベートーベンの「月光」を。

ＭＤからいくつか僕の声を拾いあげてくれるとうれしいです。

そのスキルは青山さんか、北出に頼むとよいでしょう。
あとこの遺書を参列者の方には配ってください。
では、さようなら

エピローグ

息子、坂井龍夢が躁うつ病で自殺してもうすぐ一年が経とうとしている。本文でも書いたが、表面は冷静に振る舞いつつも、最初の二〜三ヵ月間は立ち直れないほどの精神状態にあった。断続的にうつになり、できれば僕も死にたいと思った。最愛の人にふられたように、ひどく悲しかったし、苦しかった。そのためか、それまでより酒量が増えたと、スタッフからも指摘された。しかしいつまでも悲しみ、苦しんでいても、しようがない。生きている者は、自分に与えられた寿命をまっとうしなければいけない。

僕は漫然と思い出に浸るというより、なぜ龍夢は死んだんだろう？　という疑問を解くために、龍夢が遺した膨大なテキストファイルや画像ファイルを詳細にチェックした時期があった。その一言や一コマには、否応なく思い出される過ぎし日が埋め込まれている。

そこまで僕の心を虜にする思い出を、僕に残してくれた息子には感謝したい。二九年間近くの人生で僕を楽しませてくれた。

しかし、なぜ龍夢は躁うつ病となってしまったのか。躁うつ病という他者には見えない脳で起こる過酷な病いである。そのあげくに自殺してしまった。龍夢の周辺を子供時代に遡って分析し、原因を求める思考の旅に誘われることもあった。本書にまとめた思いは、その道程で身に沁み、脳裏に刻んだ事象のほとんどである。多岐にわたるため、断片的な表現となった部分も少なくないが、僕の偽りのない思いばかりである。

一方で、僕は葬儀など一連の儀式を終えると、一見通常の生活に戻り、いつものようにブログ更新なども続け、普通に暮らすことにも努めていた。平静を保って人とも接した。それはもう、龍夢が忽然とこの世から消え、戻ってこないことを緩やかに受け入れるプロセスだった。そういう生活のなかで、やがて躁うつ病に苦しむ方への手助けができないかと考えるようになった。

断片的でもいい。龍夢と僕という父と子が躁うつ病にどう向き合い、結局は失敗したが自殺する直前までどう回避に集中したのかを伝えることで、同様の悲劇が一つでもなくなるならと考え、出版プロデューサーの久本勢津子さんの力を借りて一冊にまとめてみた。

また、おかひろみさん、スタジオ・ギブの川島進さん、英治出版の原田英治さん、秋元麻希さんにも大変お世話になった。スタッフ全員が集まって、この本のミーティングをしている際、彼に甘い父親がまんまと乗せられ、この作業をさせられているようにも思い、また龍夢の甘えに乗ってしまったことで、あいつは相変わらずずるいやつだと考えたことが何度もあった。

悲しみが消えてしまったわけではないが、元来無宗教の僕が宗教の癒しの力も知った。

無量寿《むりょうじゅ》（命は量だけでは計れない）という仏教の言葉にも出会った。命日という言葉を検索していたときにたまたま見つけた文章だ。「いのちとは、何を指すのでしょうか。八十歳の者も十歳の者も、健康な人も病気の人も、同じ一つの命を生きている」

つまり、一つの命は長かろうが短かかろうが同じように大切な一つの命だという意味だ。

またロサンゼルスに住む友人のミック・ハガティーから頂いたお悔やみの文章のなかから「remember, we are all someone's son.（思い出してください。我々はすべての誰かの息子です）」という一見あたり前の言葉の含蓄ある文章も心を打った。

むしろ、その意味ではこれからも僕の心のなかの龍夢にずっと感謝し、教えられ続けることになるのだろう。

二〇〇七年五月　坂井直樹

今日、息子が死んだ

うつでニートで、チャーミングだった愛する息子、龍夢

発行日　2007年6月18日　第1版　第1刷　発行

著者——坂井直樹（さかい・なおき）

発行人——原田英治

発行——英治出版株式会社
〒150-0022　東京都渋谷区恵比寿南1-9-12 ピトレスクビル4F
電話：03-5773-0193　FAX：03-5773-0194
URL　http://www.eijipress.co.jp/
出版プロデューサー：秋元麻希
スタッフ：原田涼子、鬼頭穣、高野達成、大西美穂、秋山仁奈子
岩田大志、藤竹賢一郎

企画プロデューサー——久本勢津子（CUE'S OFFICE）

編集協力—おかひろみ（工房ポラーノ）

校正——阿部由美子

デザイン—川島進（スタジオ・ギブ）

印刷——中央精版印刷株式会社

［検印廃止］ISBN 978-4-86276-008-1　C0095